U0483956

世界在一心一意降雪

The World is Snowing with its Full Heart

小海四十年诗选

小海 著

图书在版编目（CIP）数据

世界在一心一意降雪 / 小海著. —南京：江苏凤凰文艺出版社，2022.7（2023.4 重印）

ISBN 978-7-5594-6899-4

Ⅰ. ①世… Ⅱ. ①小… Ⅲ. ①诗集—中国—当代 Ⅳ. ①I227

中国版本图书馆 CIP 数据核字(2022)第 097228 号

世界在一心一意降雪

小海 著

出 版 人 张在健

策　　划 于奎潮

责任编辑 孙楚楚

装帧设计 周伟伟

责任印制 刘 巍

出版发行 江苏凤凰文艺出版社

南京市中央路 165 号，邮编：210009

网　　址 http://www.jswenyi.com

印　　刷 苏州市越洋印刷有限公司

开　　本 880 毫米×1230 毫米　1/32

印　　张 11.625

字　　数 200 千字

版　　次 2022 年 7 月第 1 版

印　　次 2023 年 4 月第 3 次印刷

书　　号 ISBN 978-7-5594-6899-4

定　　价 52.00 元

目　录

狗在街上跑（1980—1989）

村庄、田园、北凌河（1990—1999）

罗网与帝国（2000—2009）

影子与幻觉（2010—2021）

狗在街上跑（1980—1989）

狗在街上跑

狗在街上跑
看着我们
向我们摇尾巴
跟着我们奔跑
快快给它东西吃
让它摇尾巴
我们把它打死
又吃了它的肉

我们领略了
奇异的欢乐
和街头的
风光

我们时常往街上跑

因此

我们领略了狗的

　　快乐和悲伤

1980 年

拖鞋

我的拖鞋

我的亲密伙伴

多么心疼我

从来不夹脚

我赤脚奔跑时

它顺着河水追着我漂

早上起了床

披件短衫

从这个房间

一直踱到那个窗前

夏天的时光

那么短暂

1980 年

风筝

妈妈，我的风筝
摇摇晃晃飞上天了
妈妈，我的风筝
拉我去天上玩了

妈妈，我的手
摸到白云了
妈妈，我的手
摸到太阳了

1979 年作，1980 年改

夕光里

夕光里
山是一头动物，假寐
任凭秋天的气息
　　　　　侵袭
星星们从来没有正经过
这阵子也偷跑来
它们的计谋虽然一猜就破
但也足够让你大吃一惊
那也是月亮止步不前的原因

——我的爱情往往不幸
在每个夜晚来临之前
我这颗心最不能安宁

1981 年 2 月

等待

扯起风帆
　黄昏就要把我载走

这是最冷静的时刻
　仿佛生命只剩下一分钟

　所有的星辰开始坠落
　所有的海潮开始崩溃

眼睛，古老的钟一样安详
　蔓延开一个庄严的谎

远山向上涌动，进逼
　落日紧闭的唇

1981 年 2 月 18 日

村子

河水要流的
要把这些岸边的船载走
留下房屋、枯草滩、竹篱笆
光秃秃的树木
远处的烟囱很高
那是一座城市
你会到那里去
让女孩儿的手吊在你的脖子上
荡来荡去

这些村子的名字
很久就流传下来
而今，这些村子
只有在黄昏来临时

才变得美丽

人们愉快的问候声

也在黄昏，才特别响亮

1981 年

李堡小镇

一

每到傍晚
西天上总有几起“火灾”
街道上没有人
从田野上回来的邮差
也像被人遗忘了

二

月亮在小镇上缺了一角

三

夏天尚未开始
永远打不开的花窗

映着杂货铺的告示

小伙计午睡时流淌口水

梦到中意的李子

小偷的左肩耸得老高

四

暗影里，阶梯留下鸣响

什么事也没有发生

风雨过去得好慢

情人们隔着丁堡河互掷桃核

1981 年

晨

大地沉静得像我的心
灰色的天空
烂醉在我怀中
星星比我们起得更早
大雾也寻不着它们的踪迹
高处的墨云
大张着疲惫的眼
注视我宛如昨天的废墟
山脉上升到高于一切的树顶
道路神经紊乱
梦不知迷失在哪条路的尽头

这时候开得最烂漫的
就数地上的花朵

1981 年 7 月

老家

他是个浪子
不想家
也不要老婆

他的父亲死去以后
他匆匆赶回来
照料年迈的母亲
多余的时间
就独自坐在窗前
想些遥远的事

他的母亲爱他
往往起得很早
为他采一束春天的花

并且深深吻他

那是个坏天气
在大雨中的街上
他分明听到一个少女
吹着口哨在奔跑

1982 年

父与子

1

父亲坐在客厅里
一个微笑
持续了三十年

2

没有一件事不算好事
只是你和他互不相关

3

如果天亮得早
闹钟没有停止
你的自行车会向田野上驶去

他会知道你来得正好

4

晚上你干什么

离梦的罗网远点

5

有时候

他希望你来了

他就不能逃遁

像最初阳光下的一只鸟儿

永远留在大地上

筑巢，或者歌唱

6

睁一只眼

闭一只眼

猫头鹰：

死亡是一切经验之王

7

一只手握紧
另一只稚气的手

假如死亡
缺乏尊严和历史

1982 年 3 月 13 日

有或许无

1

有一只手
伸在你的衣襟里
秸秆上
轻烟下有扑腾的火苗

2

一对新人
在红烛上跳舞

3

一只酒瓶，一只杯子
一个女孩儿

酒瓶子上没有标牌

4

穿着开裆裤
挤进会场
穿中山装的人
向我扮鬼脸

5

关在皇宫里的魔术师
在哭泣
他把女儿变成了鹦鹉
没有皇帝
也没有太子

6

从桥上过去的马
没有回头

7

一个睡懒觉的女人
这样年轻
一块水淋淋的街沿石

8

没有泪水，没有彩虹
没有嗓子，没有声音

9

死去的人啊
多么幸福
活着的
也曾是一样

10

翻过郁葱的山坡
小镇上又有了生意

1982 年

楼兰[1]

古中国有个老子
最倾心生死有无的哲学
东邻井上靖老人
是否你有兴致
正襟危坐在榻榻米上
诵一诵他的祸福篇

楼兰有小国寡民境界
有天黄昏来了匈奴人
带了三匹马又九只羊
他们默默无语望着那山

---

① 井上靖先生有小说《楼兰》。

再也听不到地下的流泉
风沙早已十面埋伏
瞎眼的骆驼守在城外
盛装的女儿待嫁

风沙破城
楼兰先民的白骨
又一次被风沙卷跑
只留下神符侍奉古城废墟

黄昏的火积云
烧着了流浪的楼兰人的衣裳

1982 年

小站

铁道转弯的地方
延伸到这个小站

一个小吃店
半面墙后的小卖部
候车室
列着两排长凳

火车轰隆隆来
呜呜地走
喷吐的浓烟
经久不散

他告诉身后的女人

终点站不远

再穿一条大峡谷

戈壁滩过去

就是

1982 年 4 月 7 日

梦

七月的盛夏
人们全聚到海边去了

关上风窗
打一盆凉水放在脚下
年轻的妇人
赤裸了身子
趴在淡黄色方格被单上
枕着光洁的手臂
开始长长的午睡

阳光移过来
照在一幅油画上
室内罩上淡淡的颜色

1982 年 7 月

给小微微

——关于男人和女人的故事

从前，这个世界上没有女人

男人很多

他们根本不知道想女人

他们整天混在一起

后来，有一个男人

觉得没意思

他就说道：

　　天气真好啊

　　一切美如画

于是，就从这时起

这个男人受了孕

受孕的人给了这世界
开始的三个女人

可是男人们不喜欢她们
他们像害怕狮子和狼一样
害怕她们
直到有一天
男人们赶走了狮子和狼
他们才发现了女人
(那些真正的女人)

从此以后
世界上有了那么多女人
也总有
那么多的男人

啊！微微小姑娘
当你分清了男人和女人的时候
从前的故事

你就一定会

觉得没意思

1982 年 7 月

K小城

一场暴雨
海边小城的色彩
洗得鲜亮
孩子在奔跑
孩子的笑声是永久的柠檬黄

一阵风来
所有的木房子都扁了
孩子们又矮又胖
——一个瘦高个儿漫画家
悄无声息地走过去了

大海，背靠着死亡
打着呼噜

现在已安然入睡

时间，是一座古老的
海上的灯
在那里放光

1982 年

咖啡馆

咖啡馆坐落在临海的小岛上
远航者
老远
　　望到它的尖顶

从泛腥味的海滩
　　爬上去
是一条鹅卵石黄土道
绕了教堂
通到这家咖啡馆

咖啡馆的招待
是个想当水手的孩子
还要把岛上的岩石

涂上鲜艳的颜色

褐发的女人
是他母亲
美丽异常
在远远的地方
微笑起来很迷人

你见过
你见过——

1982 年

病中吟

窗外阳光刺眼
大道上有人行走
我坐在窗前
看远方的孩子
看大声问候的老人
这个时刻
母亲是否平安
朋友可还在四处奔走

肯定有人在关心我
而我全然不知道
我只顾着欣赏
黄昏独立的姿态

1982 年 10 月

天上的瓷器店

一个男孩儿

和一个女孩儿

沉默

流泉下明净的山石

阳光喧嚣

沉默

一支支金色的箭

（来自北凌河谷成熟的麦穗）

叩响

南方天空的蔚蓝森林

黄昏

星辰不再上升

山洞，漆黑的敞口

斑驳月色，映照

一个冷漠的男孩儿

描画圆周

天上的瓷器店

晕黄色银河系中的

人之谜

最初的舞蹈

被称作女人

不能再生育了

一个女人

和一个男人

沉默

1982 年 10 月 18 日

美国诗人庞德

你不是向往过东方吗
东方的诗　东方的画
东方的瓷器
你爱李白　还有白居易
在通往酒吧间的楼梯口
你发现了那幅商标
年轻的侍女说
她很羡慕你
像个年轻的中国皇帝

你裹着长袍式大衣
在意大利，在美国东部的大城市里走
你想在人流中寻出吴道子和新罗山人
你想中国的街道

和幽暗树枝上花瓣般凝重的中国美人
你把她挂在客厅里、监狱里
朋友们来了
你就想是到家了
外面的天气好冷
应该来杯红茶

东方的寓言
在中国的瓷器上沉默
《新闻周刊》上还说
在地中海发掘的中国瓷器
被考古界的老爷们弄进了博物馆
但精美的瓷器
在你失眠的夜晚
在你的卧室里闪光
就像古中国的寺院里出现幽灵

你做中国的梦
像一位年迈的中国工匠

把他枯萎的手和古怪的瓷器坯子一起

投进一团烈火里

1983 年 5 月

搭车

下午，你搭车
来我这儿
你跟我说过的话可不要忘记
是或者不是
这样的天气承蒙你来看我

你看我变得花言巧语
善于幻想而终归现实
看见你，我打心眼里高兴
你没变，还是老样儿
总喜欢提起往事
在往事里你可不是主角王子之类
你究竟厉害
忧郁也总能化成泪水

那么，你是愿意告诉我

你有一千个念头

最叫人感动的就是

你，不当个诗人

1984 年

春雨

田野还有残雪的呕吐物
天阴了
细得难以察觉的雨
像婴儿脸上的初吻
是从下向上升起的
让人发痒的绒毛
是太阳扯了一把香草戴在头顶
又很快因为你的发现而消失

1984 年 3 月 3 日

山茶

如果不是因为你身上的绿萝
我不会看见你——山茶树
如果不是因为你花儿的铃铛
我不会听见树叶簌簌响
如果不是围绕你的小小旋风
我不会闻到正午茶花的味道
如果没有树没有风没有花儿
就没有你和你的无中生有

当你们沉睡的时候
夜晚的山茶树活着
老鼠活动着
啃着清香的树皮和草茎

1984 年 10 月 18 日

仿冰心

尽管繁星拟定了夜的讣告
但它们的名字
并未出现在人类生活的大地上

繁星啊，你一生的事业
仅仅是汇集于宇宙港湾中的波澜

我准备了一束
由蓝宝石花朵组成的花圈
献给日出后婚庆般绚烂的葬礼

1984 年 10 月 18 日

寂寞的游戏

老虎在追赶孩子
老虎已成形
天真无邪的游戏
还在继续捕食猎物

帝王向大海感恩
三个孩子向神父泼水
神像睡着了
(梦到终结的死亡?)
寂静的游戏中
你才知道寂寞离你有多远

1985 年 11 月 1 日

黄昏

黄昏时分

静默得如同处子

所有的光都追逐你

让你无处藏身

这一刻的温暖

诉说了你一生要碰上的事情

但现在想起谁

都不能记起

熟悉的面孔都阴暗如灰

几十年以后

如果还能重复同样的光景

既不壮观也不温柔

1986 年 3 月 5 日

日落时分

好像一切都躲入丛林
草地上布满星星
你是第一颗星

你在天上飞翔
不时飘舞羽毛
像远古的一位圣贤
在这个城市上空
常常有火焰噼噼啪啪

你应该告诉我
你拒绝什么
那些夜晚
幸福又空灵

有人抱着石头

有人拿着花朵

夜晚的街道灿烂辉煌

我们就在树下

享受这一切

1986 年 3 月 6 日

读诗

在一个早晨
我读到你的诗
我想你现在正走回家
走过一片木栅栏
推开花丛

你宁静的家里没有外人
你妻子一个人坐在窗前
此刻她已放下手上的活计
是听到你的脚步声
还是在回想那爱恋的日子

那扇门早已让风吹开
窗户一尘不染

诗人站在门外

这情景让我热泪盈眶
我想看清诗人的面容
可诗人此刻已经进门
可诗人此刻已经把门关上

1986 年 3 月 9 日

窗前

现在我坐在窗前
很多事物显现在我面前
这往往是我忽略的生活
它们温静地出现
又不至于马上消失
在我的窗前
我注视它们很久
毫不惊慌
这是生活值得炫耀的部分
它们不鸣叫
但我听到它们哗哗流动的喧闹
这声音也能安抚我
我熟悉它
像熟悉睡梦中妻子的声息

这可不是虚假的事物

诱惑我，穿透我

直到我收拢翅膀

落在它们身上

1986 年 4 月 20 日

母马

春天了，我又骚动不安
生下一匹母马
有鼻子有耳，一派生动
我常抚摸她
让她安宁，让她沉静

这匹母马就站在河滩上
我曾经召唤她
她呼啸而来，又飘然而去
生活恬静又优美

我是田园之子
这是我幻想的日子
我生来注定美满如梦

马儿啊，告诉我
那惊扰你的一切是否已过去
整夜，我在平原听着你的蹄声
欢畅而激越

1986 年

草地和山羊

我不是只山羊
可我坐在草地上
动作笨拙，姿态优雅
无人的时候
我要啃光这一片嫩草
春天的草地散发异香
我目光迟钝，嗅觉灵敏
我的同伴在另一块草地上
围成一圈儿
它们在谈论夏天
谈论狮子
以及湖里的清风
以及那一片悦耳的水声

1986 年 5 月 26 日

月色

我坐在庭院中
看月亮又大又圆
今天早上
我捉到一只猫
看见一只乌龟
我还想养一只乌鸦
鸟儿呀，乌龟呀
全都无家可归
我把猫留在家里
把乌鸦带出来
乌龟爬进了我的鞋
这样，我不能丢下
这三只可爱的家伙
独自去看月亮

或者与一只病山羊做伴
老山羊再丑也像我的亲人
今夜，在这片月色下
它已不再贞洁
那么，月亮好吗
月亮悄悄爬上了房顶

1986 年 5 月 26 日

风

这风多么宜人
像一件爽身的新衣
我不知它来自何方
它声音微弱
或者干脆一声不响

我爱这风
同时我还呼吸到它的气息
这阵风刚刚长成
它越过栏杆
在草坪上
一遍又一遍梳理自己的羽毛
我试探着把窗关上
在它离去之前

我无法进入睡眠

这样的时光

我纯洁的身体

就像刚刚洒落的花瓣

被风吹起

而不知道怎么躲避灾难

1986 年 6 月 7 日

岁月的花朵

我爱上你们
我常想
这样的爱情
多么来之不易

摘下我的帽子
我要出门远行
偏偏已是春天
又下了一场大雪
落在我的眼前
像白色的火焰

我似乎听见了你们的声音
遥远又宁静

就像歌和琴弦上的光芒

我常常摸索你们的声音

但此刻

我不能再想起谁

只好无言地坐下

静听这岁月的花朵凋零

1986 年

少年行

一只心爱的板凳儿
在后院睡觉
在睡眠中发光
抱在胸前的二月
岁月荒废了少年
妈妈出嫁时的星辰
遗落在百岁桥
像白天的焰火
藏着你的名字
倒伏在阳光直射下
让我想起风筝吊脚上的线绳

少年的孤独、白蜡、皮影
少年的烟斗，悬吊的猫，遇鬼，被俘

引颈高歌，或者是麻雀们的

无所事事，或者只为我的板凳儿

1985 年作，1986 年 11 月改

春天的故事

总有一个人感觉我在写他
我写的可是另外一个人
有关春天的故事
他在湖水里
狂风将他的帽子卷了进去
另一个更健壮的人站在岸上
察看湖水的深度
阳光把湖底的鲤鱼吸引上来
甚至还有一些纸牌撒落在草丛
风鼓动它们翻身
也许另一个人即是这位牌手
只因为他面有喜气
好运源源不断
但是此刻他不得不在湖心挣扎

和更多的水花嬉戏

春天的故事就这样简单

湖水中央没有色泽

这个人金色的身体一次性消失

波光也扎进去不再冒上来

湖面上泛起更多的水泡

1986 年作，1987 年 3 月 5 日改

声音

我常常把一种声音当成另一种声音
只因为它天性优雅
有时候它在背后响起
像起于松涛
有时全凭你的记忆
我常常分辨某一种声音和某一种声音
它悬挂在我头顶
放肆而乖戾
有时候是一阵狂风
有时候是一阵耳语
像星辰和星辰之间
树木和石头之间
一块金属落地
声音来自呼吸

来自湖心

来自窗帘

来自更远更神奇的宫殿

惶恐不安，石破天惊

一分钟之内第十一次响起

潜行于我的内衣

打湿了我的前襟

燃遍我的全身

微细的、深情的——

1987 年 3 月 13 日

外乡人

我见到这些人，幸运的面孔
以及花儿，造物主神奇的面孔
一条东去的河流
石头的脚趾肿起
春日的傍晚
黄海上两朵浮云折返追逐
——两匹死了骑主的牝马

外乡人行色匆匆
天上的风景一掠而过
风暴已在酝酿

我们如缓慢的骑手倾听波涛
桃李滚下屋脊

留下忧伤的家园

芳香出自一场大雪后的疼痛

酗酒的人

守夜的人

暴雨如折翅的巨鸟在大地上扑腾

它忘记带走夏天干渴的刺猬

一只银碗破碎在半空

传来午夜的叩门声

灵敏的耳朵同时听见身体的歌唱

1987 年 7 月

必须弯腰拔草到午后

男孩和女孩
像他们的父母那样
在拔草

男孩的姑妈朝脸上擦粉
女孩正哀悼一只猫

有时候
他停下来
看手背
也看看自己的脚跟

那些草
一直到她的膝盖

如果不让它们枯掉
谁来除害虫

男孩和女孩
必须弯腰拔草到午后

1988 年

角落

画面是地球上最安静的角落

它挂在门背后

一处港湾

小船也腐烂

金色的秋天

(可以这么说吗)

来了

(果实累累)

我蛰居的小屋

秋意紧逼

窗帘蜷缩成黑色蝴蝶

我想写信

问候老家

但是，只有秋天和金色

水还澄清，尚未结冰

只有冰和冰块

在风中吱吱嚓嚓

我想起一只苹果

水果刀却不能掀掉它的表皮

如果是这样一个画家

我愿意选择

晚上六点钟的时光

睡着的脸庞

水果刀的模样

却和这幅模仿的风景

毫不相干

1988 年 10 月 12 日

太阳

西去的太阳
移到我的书上
我一页一页摊开它们
这样的举止未免荒唐
其实，我只要红和蓝两样

今天的懒散和喜悦
都源于它
杏树上结出了苹果
那些无核的东西
蚂蚁们捷足先登
其实，懒散和喜悦
就像从水到奶
再从奶到水

太阳

我见到田野的黑鞋油

鸟儿往回飞

那是他们中的一员

受人敬畏的助产士、酿酒工

糖是从古巴进来的

钟表是瑞士的

每日每时的下一秒

都确凿无疑……

简朴而有节制的生活

都源于太阳

1988 年 10 月 14 日

小谎言

什么也不想
平平常常的小谎言
伤心的姨妈
在厨房里走
朝大门外看
手指和舌尖
轻盈又谨慎

小学生的图画纸——

他灰色的兄弟
“跑得飞快”
跑过雨水中的青草地

他口袋里

藏着一只死鸟

1988 年 11 月 6 日

悼念

无法分别
两只杯子
它们构成
洁白的一对

一只杯子
已经摔破
它的残骸
盛满
另一只杯子

1989 年 11 月 25 日

村庄、田园、北凌河（1990—1999）

大月亮

——送杨新

大月亮，还没有照到我爱人头上
因为它到了柬埔寨
月亮之大，不可观照
像一阵潮汐
也好像一场春雪
月亮之小，不可臆断
发出它内部的阵阵蜂鸣
但是，月亮还没有照到我爱人头上
照耀她的左面颊
照耀她的右面颊
月亮之深，不可度量
黄麦穗的旌旗挨近洪水之岸
月亮之圆，牢不可破

快快浮起我爱人的眠床

大月亮，从东往西

不要走远

1991 年 6 月 28 日

田园

在我劳动的地方
我对每棵庄稼
都斤斤计较
人们看见我
在自己的田园里
劳动，直到天黑
太阳甚至招呼也不打
黑暗早把它吓坏了
但我，在这黑暗中还能辨清东西
因为在我的田地
我习惯天黑后
再坚持一会儿
然后，沿着看不见的小径
回家

留下那片土地

黑暗中显得惨白

那是贫瘠造成的后果

它要照耀我的生命

最终让我什么都看不见

陌生得成为它

饥腹的果物

我的心思已不在这块土地上了

“也许会有新的变化”

我怀着绝望的希冀

任由那最后的夜潮

拍打我的田园

1991 年

门槛

在海安的门槛上
坐着一个南方佬
在北方的门槛上
坐着一个海安人

一个海安人坐在自己的尾巴上

我是平原上睡熟的孩子
贪心的孩子
时光就像海里的鱼
长着雪白的牙齿
一个女人　一个男子
威胁每一个日子的豺狼
并肩坐在北方的门槛上

1991 年

鸡鸣

十点钟
刚刚入睡尚未暖席
对面阳台的鸡叫了
带着怯意的卡顿
初次打鸣的雄鸡
它的生物钟拨错了时辰

有人下床到阳台拾掇
鸡扑腾几下
叫声惊慌、短促
两只鸡爪在互相蹭擦
叫声开始像小鸟般甜蜜
这不可以，它被装进纸箱
拎进了厨房或者贮藏室

"要不要喂点什么"

"傻瓜，夜晚它什么也看不见"

1991 年 10 月 20 日

晨曲

万物回归大地

早晨，像一枚钉子

或者一片雪白的鱼鳞

有时，它更像一张纸牌上的人儿

握着那把执法的剑

1991 年 10 月 30 日

浪子

浪子终于回头
给他酒，给他烟
给他土地、房屋和女人
都不如给他一个拥抱
他在家门前跪下
啃着青草和树皮
就像拒绝交媾的蛮牛
回到北凌河安静的牧草中
尽管已是午夜
敲着相似的门
操着隐疾般的乡音
又像自言自语，逢场作戏
（随意挥霍）
不，不能拿这个说事儿

这些年耳鸣、绷带、视神经萎缩
一步接着一生，撕裂层层帛布
活着，就是交换别人的生命
再出生一次，再出生一次
楝树上的滴水声，井台上的低叹
滑过大脑皮层火柴的疲惫
快点坐下，准备吧
你还想接受这平淡的生活
合上的房门和无法测知的女人
不接受的平原：人和动物
无法跨越的北凌河回响古老桨声
故乡的浪子，生活的学徒
你看开始慢慢起雾了
那后面有你猜到的一切
都将被收容般罩着
早年你那吃进楝树里的斧头
有多么深，弄出多么大的声响
你疯了一样，接下来的事情
让人不好意思再去重新提起

在最后那一刻，哦，浪子

你的呻吟在夜晚多么深沉

似乎你是有多么充足的理由

完全不顾全村老少的反应

就像春分后无缘无故到来的浓雾

一味追逐着内心的秘密召唤

（浪子，你挥动双臂奔跑的样子

已成无法追忆的沉默图景）

而这次和上回又是多么相像

天突然放晴

屋顶、窗框甚至皮肤

和装扮一新的店堂

都在空中闪烁

放弃退行的巨兽

消失于恐怖的飞行中

1992 年

河堤

海安偏僻的村子
黄昏，有人用木板
拍击静止的河流

像突然降落一阵风
野蜂追着大堤飞过
天黑以前，蜂巢
连同留守的王
被人端跑

1992 年 2 月 22 日

伙伴

和村上的鬼魂握手言和吧
我回到九月
死亡使人英俊、年青

我试图回忆
那个古怪的下午
仿佛结束了饥渴的行程
他在北凌河的漩涡中消失
又在一片刺槐地的树干上重现
丧失了任何形体的变化
当风穿过那块斜坡
那稻草人般的影像
或许是某个童年时代的谈话伙伴

1992 年

早晨的面孔

像辗转多年的鲤鱼精
今晚潜回北凌河
带回新生的一代

——题记

那是早晨的面孔
饥饿、陌生、清醒
还有餐桌上的宁静，以及
和我们共度的一切
我从外面来，来自夜晚
没有我满意的时间
甚至剥夺了梦乡的尘埃

（有时候，隔着河谷，听着野兽的嗥叫。但我知道，在串场河和北凌河谷，从来没有伤害人的猛兽，在最黑的春夜，野兽们的柔情蜜意让我战栗不已。）

我们将脱离各自的群体而活
独身在沙漠，重复孩子们
不朽的游戏：挺尸
没有完美的生活！没有

今晨，我们会在山上
被老虎吃掉

1992 年 3 月 16 日

预言般的土地

拿一株风中的皂角树为它奏鸣吧
这最先成陆的土地，高贵而纯朴的绝唱
我们身体的身体，集体的金字塔
这预言般的土地上
我甚至赞美我的敌人
在海安的土地上
它类似于一个灵魂
这是人和人之间最早的神话
自然生成的大麦和高粱
纯粹的月光下最早的婚礼和葬礼

(没有雇佣，我自动离开了海安的土地
古老、失神的村庄
水面上轻烟摇动

和平的生活，没有悲伤）
一个预言：我要重新生活，享受黄金。

今夜，我的诗的倾听者的耳朵
结在平原最高的树杈上：
猫头鹰在白天之前洗完蚂蚁浴
恋人尝过新酒
丰收、主人和赤裸的田野之上一道鞭影
风在闻着石头翻开时的土腥气
风在辽阔的苏北平原上
折断了肋骨

“你惧怕父亲吗?”

1992 年 5 月 13 日

村庄（组诗节选）

之一

忠实于我的时刻越来越少了
像荒芜的高地上玉米的阴影

海安入夜的凉气比赤脚还凉
比赤脚的河水流动得更慢

以前，我见过北凌河干旱期的青蛙
尾巴在陷落中挣脱了跟我说话

我的母亲还是照看土地的人
我的弟弟仍然是捕捉青蛙的人

不断地数数，总是漏掉一个
收获季节，平原的月亮静穆而晕黄

因为听着梦乡的窃窃私语
我的耳朵已开始隐隐作痒

之二

龙卷风看中最漂亮的村庄
没有别的男子来和我竞争

（种桑的女儿，未来的棉花
百里外的年轻人回赠了喜悦）

摇摇欲坠的房子扯着风的四角
遥远的山上，石块是村庄的锁

在两次飓风之间：
河谷的山羊、海上的乌贼
以及飞过平原的鸟儿

都是我美丽富饶的兄弟

之三

重新开始的生活
仿佛浩劫后的村庄
巨人的村庄

春天的大地又会有新的安排
只是我还是鳏夫中的鳏夫
拥有一条从北凌河引出的水渠

有时我溯源西上
却被激浪冲回更远的村庄
我在所有的撒谎者之中存活

浩劫啊！你确定我
为你的继承人
俯首听命的男人和家长
同样，因为我在早晨

吐露了花香和心事

比夜晚更浓，也更强烈

之五

“蓝是不是占据统治地位?”

也许他们和解地坐下

各自搬进自己的房屋

穿他们喜欢的衣裳

重复自身的游戏

蓝，有一双畸形的大脚

倒着行走

到老

又被压在箱底

蓝：大海的蓝

天空的蓝

不用它的舌头

我已听见

在它的孤独和邀请下

蓝色有一块大广场

和全中国的村镇都一样

有人在家乡死去，没有姓名

鸟儿离开云朵，超速高飞

之六

骆驼死在山中

恐惧使驼峰膨胀

大象死在沙漠

恐惧使心脏缩小

我们死在村庄里

恐惧使全身发绿

之七

村庄的水牛绝望之后

我是海上鲸鱼的祖先

像北极冰的熔点

村庄只是我的一个借口
我看见一条活的尾巴
跑过百年后父亲的村庄

年轻的海安人
加入冰的合唱
我知道真正的水
是腰的悲伤
在那河流与天空分手的地方

之十

雨季，整个天空变成了水
我要完成一个穿越海安大地的梦想

河中的花、空中的鹰和海上的神
我是幸福的傻瓜，把时间分作了天空和海洋

正如孩子们坚持移居沙漠的梦想
推着波涛下的村庄周游全世界

而我，是个不愿成为女人之身的女人

将在村庄上度过虚幻的一生

之十三

当串场河传出孤独的桨声

我看见村长的儿子唱着歌回家

整个村庄只剩下最后一个浪荡子

灼热的风

好色的大王

穿过茂密的玉米地

今夜畅通无阻

怀疑和贪婪构筑最后的村庄

在亲人找到亲人之前

统治村庄的是史前的鬼魂

之十五

每当我走过村长的家
心里就空荡荡

守业的罪人，戴罪之身
信念孱弱的老马
村庄却完全信任它

(幽灵在雷雨前赶路
女儿嫁到更远的村庄)

春天是大地上的一道裂缝
檀香木的女儿　贫苦的女儿
我们相守的时光是多么短暂

之十八

从前，我是山大王
命运引导我走高山

当我从夏天的村庄经过
吸引我的不仅有春季的候鸟
爬出北凌河的鳖

我知道村庄上平等的兄弟
白天，仿佛男人和女人的某个瞬间
夜晚，就像北凌河的堤岸

土地，用无助的岁月等待
北方的夏阳越过雪山
照耀在我的村庄上

之二十

我听见羊叫
大羊和小羊
一只接一只叫唤
下雪以前
此起彼伏
一下午都会有人说

“要下雪了”
更多的人
是在内心盼雪

不再有谁去打开畜栏
让羊群互相踩踏进入后山
降雪以前
我听见天空中传出羊群的叫声
而当雪真的下了
我们已经睡着，进入村庄

之二十一

那人中第一的村庄沐着阳光
皂角树，在咸涩的低地生长
仿佛从我的胸口裂开
北凌河，还能将我带去多远
从溺死孩子的新坟上……皂角树

你向天空长

就像大地对苦难的逃避
你在深冬的风中喧哗
狭小而寒冷
你像那折断的成百双小小手臂
抓住无形的黑暗
摇动虚妄
就像一到时辰就开花的杏树
吐着苦水和梦想
又挤在春天盲目的大路上

1992 年

向人生屈服

贫穷但善良的女人
富有但悭吝的男人
丑陋但温存的女人
富贵而乖戾的男人
炫耀服饰的青年
蜂蜜中贮藏的蜜
毫无掺杂

美丽而善良的女人
富有却悭吝的男人

平放的灯盏，挨近
辛劳而疲惫的男人

1992 年 10 月 6 日

金嗓子

村上，最孤独的是我
你和我，我们彼此热爱

天空和河流，泥沙的金嗓子
在海安的门楣上歌唱
野鸽子在草堆的“咕咕”声
多么疼痛。我向往的耳环
最孤独的是我，那个心中的秘密

1992 年 10 月 13 日

街上

阴沉而慌乱的天气
好像散场的人潮
我喜欢一个人的街道
一棵树下
抬棺人湛蓝的心
和一点钟的海
街上人散去

1993 年 5 月

观想

地球在急剧收缩

坡上黄牛埋头吃草

咀嚼声盖过湖上的波浪

1993 年

神农篇

因为火，我才感到寒冷
因为肉欲，我才觉得饥渴难禁
经年的铧犁开了晦暗的心
在这异乡，在别人的土地上
因为这河流，在我蹄下激起浪花
晨昏之际，大地染红
点点流萤，留下白昼的灰烬
哦！你知道
所有飞翔之物是他的女儿
所有奔突之兽是他的儿子
日日夜夜，我的肤色变黄
　　　　　我的身子变轻、变薄
我扶着门框，耐心等候

草木加深，暮霭凝重

我的生身之父，他即将归来

1993 年 10 月

雾

早起而孤小的雾，忍受悲哀
半人半兽的怪物在林子里出没
仿佛裹胁村庄的一阵谎言

雾开始无边界地漫游
最终变稀薄
它经过的地方
像白色的车轮碾动
不断移位的是河流
两岸的居民却不惊不怖

一些本地的精灵纷纷探头来看
平脊的瓦缝、树上的巢穴和
野鼠的地窖

体面的平原人家搬动着桌椅

当冬天来临
林间的树木再也结不出果实的时刻
它是岁月与人更深的理解或祝福

1993 年 11 月

劝喻

今天，我发现了一双鞋印
在后坡的荒地上
又深又大
像天外来的陨石砸下的
我竟然想不起
谁会这么早
斜穿这块地
它只通向北边更贫瘠的沙碱地
这是双足有四十八码的胶鞋印

当有个人以这样的方式走过
你就会不得已而紧跟
虽然不会有更多的人加入
这冬天未垦地上的鞋印

着实令我紧张兴奋起来
一直不合我心意的这块坡地
曾经搁荒很久

有一年，连那楝树上筑巢的鸟儿
也放弃了它们结实的窝

今天，当我见到有人用脚丈量这块地
我有个预感
就像风雨之夜向我开启的大门
我确信，在这附近
还没有谁有这样的一双大脚
而且，在这个季节
匆匆穿过这不成形的荒芜的坡地
这是只有我才能感知到的
一只神奇的大脚
而不是惯常
我一早起来，仅仅收获它的薄雾

1994 年 2 月

八幅雪景

一

花儿不寻找花儿
肉体不寻找海洋

二

它们从兄弟般的省份走来

乌云用魂魄的方式
收获冬日的光

三

孤立的小翅膀

母亲带上女儿的男友

开始流亡

四

快点升起这篝火

炽热、放浪、天地间的烈焰

诗人和天使，纷纷戴上面具

五

也像叶落归根

或者洋面上升

扫到路旁污秽的羽毛

我们终将归于其中

六

四十把矛戟

向夜的总督挑战

雪的懒散别动队——哈欠冲天

外部的黑暗深入

层层叠叠的雪花相互辉映

七

雪住

打开明亮的窗

就像健康

冰雪美人微笑

近似那无形的玻璃

八

我张开一万双翅膀

飞向赤道

1994 年 2 月

黄昏之后

黄昏，疲惫的恋人返回村子
牛还在公路上，小心的庄稼汉牵回棚圈

黑暗中的牛郎卸下轭头
终于和白天隐匿的织女相见

蓝色画境里的公鸡跳出围墙
去召唤一位夜晚的甜蜜伙伴

不驯服的羊抵触着老实人的腰
泥潭里的鹅化作黑身体的引路人

1994 年 4 月

像春江

江水上涨了
几乎与岸柳齐平
像要爬上江岸的一群羊
浑浊　肮脏
被驱赶着
不时偷吃两口岸边的树叶儿

像风吹起的雪片
吹着冰凉的世界
两岸尚未有烟火
那些铺在江上的光线
像夜间归来的人们

像春天插在江边的柳枝

让我们成长

在清静的中心

耳聪目明

1994 年

北回归线

真正的飞翔和梦中的飞翔同在
是同一运动的组成部分
孩子们在学习死亡
司雨的女巫，在低纬度区长大
落寞的航空支线
仙鹤们回家了

1994 年 4 月

沉默的女儿

仿佛透过厚厚的冰层发现阳光
仿佛阳台上的金橘传送秋的信息
我的女儿，天还没亮就早早醒着
像靠月光和露水喂养
神秘的生命在漫游中诞生
沿着看不见的道路。于是
在我的房间，我是被女儿擦亮的
所有事物中的一件

我怀抱沉默的女儿来到阳台上
发现运河的气味已经改变
风将波浪推向更遥远的波浪

说话的牛群和运河堤岸上传出的狗吠

时光在马厩中养马——群星灿烂

1994 年 9 月

拯救

冬天开始的时候
串场河上
黑山羊滑倒在冰面

淹到一半的时候
它发出了呼喊
再次称颂这河
淹到接近河床的时刻
欢乐和痛苦同时涌现
这无法划动的汹涌的河水

它看着雪花从天空中下来
像那些神，属于本乡本土的
再一次称颂这河

在这个冬天开始之际

无名地流动着，快乐地闪着光

等待和河岸连着一体，直抵远方

太阳的鞭子治愈了两岸寒冷的人们

1994 年

向心致敬

这信仰的玻璃山
还有瑕疵
就无法漂浮起来
我害怕对镜
意味着要过
严厉而羞怯的一生
依然归于昏蒙
我说过的话
摆脱的爱
变成了呼喊
和忍辱、死亡一样
活着是对诚实的测试

我的心

再一次被拨动了，乱了

却仍在守望

像小孩盼着母亲

我害怕有一颗爱人的心脏

1994 年

岁暮的雪

岁暮的雪
落在千里原野上
像一次奇袭
英勇的雪花
在空中逗留太久了
最后像千万只白肚皮的飞蛾扑来
庭院的老黄犬也难得一见这阵势
当地上因潮湿而露出发黑的泥土时
它睁大眼睛久久瞪着不可名状的夜空
甚至天边还有一抹残余的红晕时
面颊却像贴着树干那样冰凉
首先是我祖父的房间里发出了轻微的响动
然后是我叔叔从豆腐作坊跑回来
抱怨那结冰的池塘

我却惦记那簇丛生的芦苇深处
柴雀圆巧的巢（白得像大蚕茧）
以及每天黄昏在临近的水边的斜枝上
练习体操的“小灰嘴”
但愿这场雪不致让它心灰意懒
仅有一次
我听见它又吵又闹
在低暗的草窝里
发疯般猛啄它先生头顶的蓝冠……

雪渐渐显出了它睡意蒙眬的形貌
只剩我还在被窝里拼命睁着眼睛
侧耳细辨着池塘里传出的小小骚动

但愿明天的太阳照得枝头的雪支离破碎时
我还能从梦里发出“咯咯”的笑声

1994 年 12 月

低视角

原野空旷地上的滚地雷后
黄鼠狼把尾巴压过地平线
大地即将陷落之际
乌鸦中的长者
又回到了去年营巢的村庄

1995 年 1 月

建筑师

——赠非亚

建筑师看到了什么
这开放式结构，地基下的熔岩，诸如此类
这不过是巫术和风水
他要建怎样的房子、空间
包含着地狱和天堂，他对我说
天堂或地狱，便是结构学上的要义
未来城镇的中轴线，没有背阴的房子
一道障碍也没有吗？我只用我的声音作证
森林？洋流？黑土或许代表光阴
“它难道不需要符合黄金律的尖顶？”
“我的建筑是人们共同期待的一部分
我们每一个人灵魂中的黑匣子……”
城镇就这样林立：

“我将考虑它的质地和材料
像蜘蛛般从每个人的心中吐出丝
除此之外，别无选择的余地”

“你真是个处理亲和力的建筑师
把传统理论抛却一旁”

1995 年 2 月

脱发

秋天，我开始脱发
枕巾、领口和办公桌上
它们不停地掉，而我
也像是为此着了迷

我抱着清甜的空气沿街慢跑
缓缓释放热力，我从
荒废的花坛发现一棵棕榈
我认错了风景

我跟父亲刚通完话
却又在公共浴池里相遇
透过薄雾的镜子，互相照

我去问理发师、盘发的少妇

甚至动物园铁栅栏后饮水的狮子

我收集秋后的脱发

把它们埋在棕榈树下

1995 年

恒久之约

是大地把善的种子含藏，要我们生长
赶着我们衰亡
一位美国诗人说
在天黑之前，我们还有很长的路要长
这是否便是我们的宿命
身处异乡，不断地练习死亡

我们不过是一群人间之美的囚犯

五谷的美，整体之美
大地无尽的宝藏的美，倾覆的美
两个肉体互相向往的美
活着、恋爱、被美妙的鬼气煎熬
忍受着病苦和裸露

在人间温暖的春天

我们这群大地上的瞎子，赶着盲马

我们从未进入死亡

亦如我们从未回到真正的故乡

那被损害和凌辱的美

腐败和怜悯的美

惊惶一生缄默的美

永远朝着低处流淌河流的美

苦难的芬芳抵达自性圆满的全体人类的美

1995 年

萤火虫

萤火虫
撒满了河面
纵横、壮观
像打开了桎梏的囚犯
找到了身体的语言
也像令我们心酸的母爱
一闪，一灭，一闪，一灭
电击着我们濒死的心脏

远离了故乡冰凉的水井
就像口对口的方言
准备熄灭

哦，这温柔而苦难的心——

1995 年

弹棉花小店之歌

弹棉花小店，在巷口
两个伙计，戴着口罩
木讷讷的，只露眼睛、耳朵
抱着棉被，一天到晚哼歌
空中飘浮的棉絮
只想着沉溺　松软　恢复弹性

就像伙计们的弹唱词
“嘭嘭　嘭嘭　嘭嘭
　飘飘扬扬，挥挥洒洒
　我就隐匿在简单事物背后
(就像弓弦)
你可以找到这个事物

（整个大木弓）

你找不着我”

1995 年

麻雀和孩子

我有个喜欢麻雀的孩子
在早晨，在黄昏，心怀希冀

这是些新村里的小鸟
寄居檐下，仿佛时间的开始
有时候和墙角的老鼠没有区别
初始的悸动，似乎你失去的某一夜
人之初的稀罕物，不会遭石头袭击
甚至它们就是阴影中的石头
照亮记忆之路的天使和瞳仁
哦，它们一次次被我的女儿指认出来
它们不是我的孩子
仅仅是我日出或日落之前常常遇上的风景

1995 年 5 月 6 日

父性之夜

我的父亲要经常敲击他的膝盖

空洞的膝盖。他急于见到

他的长子和两个女儿

从白昼到星辰初上，像水上行舟

他希望有个孩子留在身边

就像他的膝盖　回荡的共鸣

他多么爱自己的妻子儿女

他止不住经常敲击

膝盖。

迷蒙夜色中

我的父亲仍在扶犁耕作

那些天空中陨落的“厕石”

像蚱蜢蹦向他锋利的犁头

他的膝盖

被一次次砸痛

流星出没的

平原之夜

1995 年

置换

早晨的北凌河

像影子的幽灵

但又从影子中分离出来

我因为大地成为一个人的囚犯

而幸福无比

深虑静谧的大地

不断摇荡变异的河水……

早起的鸟儿

展示微风中的身体

那些尘土

那些沉浸淫欲中病苦的人

我用我的身体置换心灵的圆满和宁静

但此刻，这河流

依然只是河流的概念

依然只是漫游者空洞的家园

如同久远累劫以来

惩罚的仅仅是我的生命

北凌河从我的土地上逐渐流失

像那在欢爱中遗失的尾巴

“你们不过是这里的外乡人

在他乡流连忘返

最终你们都要回去、回故乡去……”

1995 年

可口可乐和终点站

“我们城市有二千五百年历史
他们有什么？只有可口可乐”

——四路车起点站
不断有中巴往来招揽生意

“公交车快被私营中巴挤垮了
听说要设公交旅游专线”

——车上有游客正举着一本导游手册

“……我们正在试行无人售票
不买票的乘客很少
讨厌的是，每天总有一半人在逛街”

“旅游，但不是终点站”

那本导游手册被挤掉在窗外泥地里

1995 年 5 月 10 日

铁路

蝉声把我推向铁路的方向
灯火之乡
时光短促如出自孩子手上的绿蝉
迷失在乌云自身的空间
火山悬浮在远方的薄雾上
蝉鸣整夜移动、悠长
有足够的旅程让意识碳化

1995 年 5 月 10 日

偷钓

我梦见没有色彩的村庄
以及道路的拐弯
水天一色，鱼群的灰脊背钻上钻下
太阳贴着月亮半圆的窗户
使劲儿往池塘里瞧

通向塘边的路
刚刚凝结起大颗的露水
起早的人
把匆匆的影子留在灰色土埂上

二十年前的一个清晨
天没亮，有人敲窗，拖着鱼竿儿
在连续多天偷撒过鱼饵的地点

趁看塘人的狗还未醒来

蓄谋已久的事像手上发酵的面团儿

低矮芦丛灰蒙蒙，清醒而又恼人——

1995 年 6 月 1 日

写给人民路 80 号院内的一棵树

我看见了
看见了那棵树渐渐变绿
缓慢撑开，变大了
在这个大院里
它不言语，不走动
常在树下走动的是花工老陆
双手便是他的工具
他是看守这个花坛的人

司机们爱把车停在树下
有时倒车会轻轻冲撞它一下

风来时，它要飞
风停了，它又返回花坛

它的枝蔓一直延伸到二楼厕所里
它的叶子有时“啪”一记贴上你脑门儿
或者无声落在你肩上
下雨，我们对着它跑过去
再停下来等一等

它背部发黑，像埋过一两个死婴
临到换季就一身锯屑，像披着雪花
从伤口抽出的芽开始发黑
继而转黄，金子般

午休时刻，它吊一只白色的羽毛球
荡呀荡
大孩子们围着又蹦又叫
让老陆的梯子也派不了用场

有一趟我值夜班
听见它在月光下说话
跑出来看看，却听不懂它说什么

像个古怪的老人不跟你搭讪

春天，它掉下来的黄色花粉
铺在地上薄薄的一层
老陆默默地替它打扫干净
我常年见到老陆的洒水壶、铁铲
靠树根放置着
或者把浇花剩下的水倒在它脚下

雨前，那黑密密的蚁群一早就上树
天随之黑下来
楼上男男女女的嬉笑声
就像从天上传下来的

那天，老陆的外甥女装着啥事儿也不懂
跑过来向它请教
我看见那丫头消失了一会儿
又在树下出现
而九月的那个上访者

抖开肩上的布袋子
一只惊惶的猫“嗖”地蹿上了树梢
那女人于是捶胸顿足，放声大哭

今天一早
我还是发现它长了一些小果实
奇怪得像南风里的一群小鸟儿
我数数停停，诱导、呐喊
那些果子啊
和我梦中的贡果一模一样
暂时栖身于这棵树上，令我着迷
这时，老陆悄悄走近告诉我：
“没有用的，它是一棵雄的
两棵树分开已经很久了……”

1995 年 9 月 10 日

秘密的通道

夜深

一个老妇人

还在草丛中唤狗

接着是吵嘴的声音

老妇人怀疑邻居藏了她的狗

而小区的民警值班室里

我依然听见小狗的吠叫

像拖着重物行走

老妇人的一家以及另一家的全体

都加入了找狗的队伍、争吵的队伍

从楼上辨不清这群人的面孔

狗似乎在一面鼓上或地下室里发出声音

他们敲打的每一件物体

都发出讯号

或者隐形在地下

成为黑暗中可依赖的形态

许多人就这样销声匿迹

从睡梦中抹去

就像依然在草丛中游动的灯光

回复空寂的深处

——那通向自我的路上

1995 年

北凌河

五岁的时候
父亲带我去集市
他指给我一条大河
我第一次认识了　北凌河
船头上站着和我一般大小的孩子

十五岁以后
我经常坐在北凌河边
河水依然没有变样

现在我三十一岁了
那河上
鸟仍在飞
草仍在岸边出生、枯灭

尘埃飘落在河水里
像那船上的孩子
只是河水依然没有改变

我必将一年比一年衰老
不变的只是河水
鸟仍在飞
草仍在生长
我爱的人
会和我一样老去

失去的仅仅是一些白昼、黑夜
永远不变的是那条流动的大河

1996 年

早安，母亲

我岳母，妻子的母亲
要怎样才能介绍她
她的容貌不在女儿身上
就如同她一生很少光顾镜子

像水一样澄澈的人
光荣地从人民教师岗位上退休
这个贫苦之家出身的孩子含着泪花
慢慢鞠躬向她的学校告别

就像回到童年，她的手变得又皲又裂
因为我的婴儿是个湿生动物
她将生活安排得有条不紊，作息按时
绝不会早上吃饭而晚上喝粥

她是乐观、完整而平静的母亲
从不陷入未明和漩涡之中
她的善良本性和美
正如她脸颊上的冻疮不可动摇

你需要怎样的母亲来慰藉心灵
让她更加柔韧，更加坚硬
此刻，她疲倦地立在楼下，放下菜篮
爬上睡梦中的六楼之前，她要稍作停顿

1996 年

一个时代的终结

街上下起了细雨
像失眠人的症状
中年李清照
又一次被婚姻征服
一片属于征服者的土地
仙鹤的队列中
没有神秘的君主
在内陆
永远是蓝色透明的田野上
积雪铺展开寒碜的道袍

在淡淡醉意中　在深渊
已茫然错失严厉的大宋
中原浑浊的风雪中回荡着

李清照的诅咒
也在南渡的车马之声中

还要悼念洛阳　开封
还要回到羞愧中去
面对长江的浩浩波涛

病弱苍凉的血管
像白发等待的人
从白马寺的禁院中
发出石头的呼喊

1996 年

空寂

火车在梦里拐弯
车窗上映着你的笑
像拉着奔腾喧哗的一条河
(旅行的全家
拍打着夜的翅膀飞翔)
曾经要远去的一会儿
只是路过
大地上所有窗户都是黑洞

白霜和童年的枕木
我是虚拟的琴键
自卑，徒劳，沉默，无尽
空寂开口弹唱

1996 年

在码头

港口早上有雾
十几条船逐渐靠岸，不再出航
秋日的旧码头
有一股木炭的潮味儿
那条狗不懂得什么叫酒劲儿
从两只小舢板之间的水域
竟然为了一根骨头
埋着头
在冰冷的河水里学凫游
两个孩子一味逗弄它
仅仅为了博取那一刻心中的灿烂

两个小孩猴子般大小，一个没爹
他们在期望之中一年年长大

还得不断驱散笼罩在头顶的雾
长年累月，他们听着风
抽打码头上的石子和黄沙
不分时间和季节
夜晚的星光
也像刚砍下的木头桩
发亮，间或伴有啪啪的掌声
他对什么人都可以不理，不搭腔
但对两个孩子，他要取下肩褡

此刻，那艘驶离码头的船
沿着波光的路，蹒跚着向前
那条狗也会冲过来
在早起的空气里
顶着它心爱的礼物
滞留于黑暗角落的那群民工
大笑着围拢来
不是为了取暖
他们慢悠悠地等待灰色的大雾

这罪行般缥缈的形体

像蒸汽无声无息地挥发掉

从码头

从孩子般的岁月深处……

1996 年

秘密的生活

当我下楼的时候
我们又正好打了个照面
他刚刚从垃圾房里探头出来
打着哈欠，挥着空荡荡的衣袖
划着拳，但不是想砸向我的身体
他的意思不过是
“你是在哪里过的夜？”

屈身于垃圾房的老汉
发出和我同样的声音
度过了与寒冷抗争的一夜
不像我，赤身裸体在床榻安眠
即使梦魇缠身
陈旧的身体也能悬挂在通透的空气中

我依然去上班

他也沿着河边走去

我所发现的秘密

不过是给我的一次羞辱

说出来也许比沉默更糟

在这个首尾相连的岁末

我的心也像一片飘零的树叶

血液已不再升起

我每天制造的垃圾依然带下楼

倾倒进路旁这只垃圾房里

1996 年

江上吟

——答庞培

仿佛这是江南的第一夜
整夜听着江上汽笛
一声声地鸣响：
江南——江北
江南——江北

而黎明的鸟鸣
像淤积在我体内的铅元素
那过去的时代　疾呼的江风啊
穿越十座古城和一座废墟
东去　履行死亡和悲悯的职责
永远拥抱着虚无
而不仅是抛弃　遗忘

在失眠的夜晚
我要重新振作起来

今天　江水涨上了琵琶滩
你说尸体有时在江中出现
男尸俯身朝下　女尸仰面向上

假如我们还年轻
今天和昨天就没有什么两样
在江边亭子里　我们喝着茶
像两个透明橱窗里的模特儿
顺流而下的船只和网具
是否我们也找到了一个永恒的通道

1996 年

有鸟儿的风景

寒冬里
光秃树梢上的
鸟巢，逐一现身
却难觅鸟儿的身影
大路上
偶尔可见
孤独的行人

春天
树叶长起来
鸟儿们渐渐飞回
听得到喧叫
却再也看不到
它们的巢了

1997 年

帽子

早上
一阵大风
想象中的一顶帽子
飞了

一顶灰毡帽?
太阳帽?
黄军帽?

一顶帽子
飞翔在半空中
已经看不见了
你反正看不见
我跟自己说

1997 年

说法

你说，在吃的蚕豆里
怎么会生出虫子来?
那么多活物，每一粒都有
我是把它们晒干、筛净
扎好了放进坛子的

有的时候因果就是这样产生的
圆霖老法师说

1997 年

人间

这个春日太像秋天
它有落日的景致
叶子在人们奔走践踏后
悄然失色，腐败
像进入老年的夫妻不再相像
他们被儿孙押解着
抱着头在角落里哀叹

“姑苏城，你一生向往的地方
连做的梦都是彩色的”
鸭子在桥下冷水里
你认出其中一个是我
你的父母游过来了
欢快地拍击翅膀

脚蹼底下藏匿着天然的……

永远是秋天的城市
囚徒们列队唱着四季歌
警察又一次抓住了他
“你的敌人不是别人
永远都是你自己……”

这个春日太像秋天
雨水轮番扫荡
春天的真相
像路上潮湿的裤管
下一次，你将变成一个女人
有痴情的丈夫
被一大群孩子包围
他们是春荒的鸟儿
嗷嗷待哺

1997 年

假寐

我干掉过一只猫
这是多么恐怖
当它向我袭来的时候
今儿晚上云层很厚

只有少数人见过乌鸦
云朵上跳跃着银色火焰
他在假寐中兴奋地说着维吾尔语
更远的地方
好像一颗启明星
已经从沙漠里起飞
或者即将飞过去

蚂蚁抖在行人身上

脊背多么凉

我反复抽打失贞的月亮

因为那会儿

我就要和那流着口涎的姑娘

一块儿远走他乡

1998 年

冥想

——降雪

天空剩余四分之一镜面
　切割你的手腕
　山中老人已经入睡
　镜子划分了
　赤身裸体的海浪，冥想
冥想赤裸裸的肉体
　世界在一心一意地降雪

1998 年

精神病院访客

恶魔在睡梦中轻声低语
像落入陷阱
梦触犯身体
发出刺耳的噪声
一种天生的女性气质
使他就范
看上去不适合
他可以走过来走过去
像聊斋中的女狐
哪怕他什么也听不出
这个高大的化了淡妆的男人
你可以尝试把手放在他肩上
轻轻拍打
对世界完全丧失了耐心的人儿

闪烁不定，如这个星球上

拯救者的脸

他的反抗如此强烈

又极端疲倦、虚弱

反省、抵抗、错误

慢慢又回复到过去

一个人梦中会如此深入而无助

不断地模仿和学习新生事物

清洁、善良和美德

——黑暗大地上的匿名朋友

有多少悲伤粉碎了

不是仅仅审视一下便能蹑足而过

1999 年

悼念敬容先生

宇宙的律动……

——陈敬容

我知道你睡去
但黎明还会醒来
我知道你梦中抓不住
又会丢了自己
停止哭泣
喜鹊会把你从天上抱回来

我老了，不再是一个人
曾经折磨过的人性
像随波漂荡的柳叶儿
在人世间陷得如此之深

空中落下的驼背老人，尚不足月的孩子
全都找着了返回的世界
像你曾大声嘲弄过的
“比机械的物欲来得更快、更紧……”

载重卡车“哐当当”驶过空心街道
一个隐瞒身份的探视者闪过窗口
你终于撒手而去
吐出了属于这人世间的最后一口浊气

1999 年

音乐的家乡

——送给李冯、贺奕诸弟兄

太阳临近落下
我在草地台阶上
唱这首歌
至三分之一的地方时
李冯、姜雷、立杆
还有贺奕、曹旭也会加入进来
他们是听到了歌还是正好路过？
一直想不明白，后来索性不想了
太阳看不见了，我又开始想念他们
哪怕最后一次聚在一起
重温这首歌

“阿扎，阿扎”（领唱）

“色伽，罗色伽”（合唱）

音乐的家乡到底在哪里
仿佛同在一个天空的摇篮里
谛听黑暗，然后解散

1999 年

站台

旧火车头
像停止喷墨的乌贼
蹲伏在冬日的站台
那些冻僵了收不回来的鳞爪
结着霜，就像抛向
四方的铁轨
一动不动

1999 年

悲愤诗

——听古琴曲《胡笳十八拍》

我发现树木在塞外各处都一样
青草也一样
风儿也一样
云儿也一样
恐惧和忧伤也一样
你曾经避难的洞穴
成为未来的郡县、城郭

在梦中我走遍世界
像牧草和风雪
白羊儿咩咩叫
黑羊儿咩咩叫
我毁灭了早年的城镇

我毁灭了记忆中的村寨

人说刘备手下猛张飞

睡觉时也睁圆了双目

忠于汉室的女儿，搔首问天

诗人和将军集于一身的曹丞相

今天就要我登上他的坐骑

抛夫别子，重新归汉

新的创痛

犹如他一统帝国的抱负

要说让别人不看到我的泪水

该有多么难

1999 年

罗网与帝国（2000——2009）

镜头以外

在坎大哈
看见一个战士
手上的烟叶
和他的吉祥面孔

还不到打仗的时候
半路他可能会死去
许多年以后
也许他会回来
从容地看着我
就像他看着山谷里
金黄的堇菜花

2000 年

清明上河图

假如郊野的春光还不如城里
柳树边主仆一行人就不会出行
（避免被春光刺伤）
遐思中的主人公完全可以看出
城郭、街巷、舟车、桥梁、酒幡
不过是一些与日俱增的累赘
那害怕惊马、养尊处优的武将有何作为
我们怎么知道热闹的市肆
开设怎样的店铺，甚至还有夜市
我们怎么知道疏林薄雾中
赶着驮炭的毛驴何处落脚
虽是春寒料峭
我们怎么知道清明早已杂花生树
我们怎么知道汴河奔走了百里

油滑的商家抢着落下桅杆
仅仅只为了停泊名闻遐迩的虹桥码头区
生就一副大丈夫或者小蛮女的模样
修面整容、看相算命，古往今来
那些个没头没脑的芸芸众生又去了何方
看街景的士绅，骑马的官吏
叫卖的贩子，乘轿的妇人
身负背篓的行脚僧人，问路的外乡游子
听书的街巷小儿，酒楼中狂饮的豪门子弟
做生意的商贾，城边行乞的残疾老人
为了一文不值的颂辞
船只往来，首尾相接
为了逆流而上
纤夫牵拉，船夫摇橹
有的满载货物，有的靠岸停泊正紧张地卸货
那些茶坊、酒肆里面痴情的种子
那些市招旗帜下愚蠢而胆小的作弊者
原来都是你
都是因为那么些感觉绝望的头脑你还不曾找到

2000 年

场记

良辰美景奈何天，赏心乐事谁家院？

则为你如花美眷，似水流年……

——汤显祖《牡丹亭》

本地电视台筹拍《苏园六记》
他们首先找到了《牡丹亭》剧组
那些昆剧节上展出的剧服
挂满忠王府和光裕会馆的走廊
可我注定是回不去了

每回经过色彩艳丽的寿衣店
总是忍不住驻足观望
那藏青丝绸镶红边的
真正的人生戏装，大雅若俗

一旦我身着盛装
总是满怀感激
古老的民间手艺
令我迷醉的紫色部落

人形的寿衣店
大富大贵的故土
领我们回家
我清楚我的人生
早已无法计划
就像告别寿衣店出巷口
两部名著酒吧：“红楼梦”“金瓶梅”

寿衣依然挂在风中
瞻仰着对面橱窗中的无头人儿
是时间每日更换着时装模特儿
而年老的妇人
喜欢一个人静悄悄坐在店堂里
和那些昔日的少女
——傀儡们待在一起

2000 年

酒狂

——送涂画

古琴曲《酒狂》
是流着鼻血的人弹的
是将你我视作腐尸的人弹的
是赶一场最后盛宴的人弹的
是用石子砸完荷花塘锦鲤后的人弹的
是涂画在怡园雅集上弹的
现在她已忘得干干净净

2002 年

初雪

——浅浮雕

大面积的月光下
海岸线在往后退
月亮一旦消失
它就收缩战线
向前推进
接着它们往后退
像黑色的狼群
敲击天空的铁门

开启第一幕：聚会

第二幕是郊游和婚礼

第三幕：死亡遗嘱

地下的头发还在生长

拂过带电的浅浮雕

2003 年

追问

仇恨来自春和夏

来自铁锤上的铁锈

像头顶上的雪

来自躺下的回声、共鸣

如果不是来自空灵的尘土

就是来自敬礼和爱

2003 年

崔莺莺

天上星河转，人间帘幕垂。

——李清照《南歌子》

你高兴不高兴都是因为一件事
你成天想着这件事
甚至拒绝吃饭，拒绝起床
拖拖沓沓，容颜不整
你在花园里想到的那件事
你在梦中完成的那件事
人间只是一间病房
这是唯一的希望
你是另一个人
世界上所有的生物
都在春天
分担着你的悲伤

2003 年

秋日

唯一高过古镇的是自来水塔
一对灰鸽子在那儿生儿育女

在你身边滚动的是石头
还有摇动的树枝
猛烈摇动的，是枯树枝

2004 年初

岁月之歌

中年以后
日子随着骨头中的钙流失

二十岁到三十岁
他活得比较开心
喜欢反复练习自己的签名
昂首挺胸，从不让道

七十岁到八十岁
靠彼此的提问活着
一张床也是暴政
你说这世界原来就是平等的
就像日出前群星的哀鸣

2005 年

青春之歌

喜欢反反复复，唱一支歌
好像梦中摘取果实那么熟练
为你带回这个果园
把婆娑的青春阴影收拾干净

喜欢反反复复，唱一支歌
为那些光阴的歌找到主人
那些理发店的小伙子们
少妇总在街上被踢掉鞋子
好像是那只蟋蟀又回来了
（在深秋，黎明前交合的黄金）
从北凌河荒凉的草丛

为着复活的耳朵

总是反反复复，唱一支歌

2005 年

天上

几千米的高空中
从云层之上的
飞机舷窗看出去
天渐次黑下去了
这时候地面
是否也一样地黑
天上地下是否是同时黑下去了

亲亲做梦的人
如果这时候我在远天远地做梦
梦见你是多么正常
就像运行中的地球

它的另一半

正好遮住了这一半的光亮

2005 年

诗中诗

——戏题刘墉书法

这些字像水滴
却是咸的
这些字飞翔着
把仙鹤的影子
醇酒一样泼洒在我们身上

这些字像我们的祖先
漂泊异乡
在梦中走遍了世界
你可以看得到
今夜他们回来
衣袂飘飘
宁静的良宵

和我们推心置腹

扶桑初日
我像个春天的贪杯者
痛悔时光的流逝

阳光的小号撤去
河水的洞箫升起

2005 年 11 月

有赠

一列火车孤零零
跑出山，却没有铁轨
这是一所房子的葬礼
一群天堂的孩子
梦中下山找司机
我要开着这列火车
去华沙，去西藏
弹琴唱歌，在你醒来前
把你放下
没有铁轨，把你放在我
枕头般的灰烬上

2005 年

一天

玻璃是甜的

黎明的玻璃

一寸一寸地舔

午夜的孩子

安安静静

牵着天狗起身

2005 年

罗网

迷信罗网，就变成罗网

一扇窗的恐惧

灯光像泄出的种子

一条流浪狗
还没咬过人

而放风筝的单身老人
要把空中的新娘牵回家

牛群忽然肃穆
脚下水坑像踩碎的眼镜片

噩梦的主人，要碰头了

两张古琴下山

白天是宋朝

夜晚是唐朝

2006 年

雕像

山里石头们知道了下雨以外的事
从沙石上走过进城的驴子就知道了
中央公园雕像的脸上有了绿苔
未来的暴风雨难以察觉地摇撼了宁静的城市

和我们身体的节律一起激荡又消散的事物
凝固于空气中让我们无限向往静穆的力量

雕像和狗儿一起嬉戏时
雕像会时常离开狗儿

“你这是要去哪儿呢?”
“我哪儿也不会去”

2006 年

乌鸦

他用舌头在画布上
画出六分之一的乌鸦：
高级烟雾
乌鸦在田间乱石中飞翔
纷纷扬扬
他画歧路
一定会照顾这只乌鸦
让乌鸦藏身于乌鸦中

2006 年

等待女儿归来

等待涂画归来的
是两个人
一个待在四楼的客厅
一个在楼梯上伫立

等待涂画归来的人
都走到了客厅
风刮进来
翻开又合上桌上的报纸

天变黑
蹦出许多雨点
慌乱地砸在窗玻璃上
两个在客厅等涂画的人

皱着眉

好像在暗中较劲

电话响了

一个人拿了伞冲下楼

都没看清那把伞的模样

（雨小了

像偶尔穿城而过的一位客人

拍了拍涂画的头顶）

另一个人终于在客厅坐下

拿起报纸似乎要读

却始终没有发出任何声音

2007 年

放生的鸟儿

放生的鸟儿
又飞回来
天暗了黑了
能说这灯光是假的吗

你们只在外面假装
待到天黑
白天的林子呢
此刻的你们
翅膀上沾着灰尘
好像山腰
那步行者的脚

2007 年

蜜蜂

蜜蜂又出现了

河谷知道

这不是同一只蜜蜂

而春风中的油菜花不知道

野荠花也不知道

2007 年

庞贝古城

从嗜睡症里醒来的大山
将周游世界的旅行团
困在公社遗址上
用这把铁锹
继续问路吧

谁都不关心
自己死的时候是什么样子
谁会关心呢

2007 年 11 月 27 日

阿姆斯特丹

黄昏之际，漫步在屏风般的街道两侧
城市，像停泊在夜晚海洋的航空母舰
火车站、宾馆、餐厅、酒吧、太平间
蝙蝠尤胜战斗机起落夜晚的空旷甲板
凑近了才能读出的词是今夜要摧毁的
周围深沉的海水像遗忘一样盯着你看
大街穿行文明的灯火，像喝醉的镜子

2007 年 11 月 29 日

波茨坦

轻烟般的蜂群
出没于森林公园秋千架
从林中小路望去
让我又误作警车
团团围住
想象中的警戒线
还有似曾相识的铰链
（也是蜂群舞动的把戏）

在波茨坦郊外
我以为擦火柴就可以点着的蜂群
让不爱看热闹的中年人掀开阅读史
讲解员递给的对折纸包里有蜂蜜

而我恍惚中见到的蜂王

就是那警徽

2007 年 12 月 4 日

破晓

猎犬镶了金牙
一出窝就叫唤
“母猫下崽了，快快来哟”
“汪汪们，来哟，快来”

乌鸦听了，飞下桃树
“山腰的猎隼，快来”
“把那田鼠扔掉，快点”
“等臭母猫给崽子们取好名”
“你再馋也叼不走了”

一、二、三只崽
哈，多好，小肉球
闭眼，滚成圆圈

乌鸦猎犬上下都在叫

睁大眼的母猫
又温柔又仇恨
藏匿了孩子
将我叫醒

乌鸦飞蹿升到高压线
吞食破晓的玻璃

外面要下钻石雨

2008 年

行为

——送王绪斌

三个人扛着铁锹

一个人拎水桶

四个人坐船上岛

爬到山顶的四个人

选好一块平地

三个人开始挖土

一个人东游西荡找石头

一个人说挖半米深就行

一个人说一米深躺得进人最好

坑边垒上一圈乱石

四个人分头下山

从大湖里面取水

接力到山顶，满桶水

洒了三分之一

有人半途看到松鼠

有人说踩到了蛇

坑里渐渐注满了水

一轮明月被接应到山顶

他们围坐一圈等浑水变清

看月亮摇摇晃晃下坠到坑底

山风渐渐收起了他们身上的热汗

然后他们接力

又将水运送回山脚大湖之中

四个人分头梦到了月亮

直到月亮变成了无腿残疾的大佬

孤零零躺倒在水坑中央

2008 年

给向东：怀念小丁（1）

梦见你康复了
在地上画宫殿画女体画火车
画灿烂的火山
糟糕的是署名：
作于公元某年某月

2008 年

给向东：怀念小丁（2）

——恢复失忆的时间

十点零一分

一个扭伤脚的人

从海里上来

我们比你们先到

梦里的骑手

十点零一分

让人喜欢的数字

海里的人显身

十点零一分

听到童声的歌唱

弥漫在街上

十点零一分

一百个人在街上

木匠的未婚妻

胸口上有了泥浆

十点零一分

大海像一杯水

那样晃动着

2008 年

无名神女峰

选择在进行

他们寻找

你们等待

神女的邀请

一月在户

二月贮存

三月女红

四月出阁

五月从夫

六月绝食

能成为女战士

也能成为好母亲

湖水、镜子、白云朵、映山红

就是证据

2009 年 5 月 27 日

大秦帝国（诗剧）

序诗

太阳，四散的热力
将男人和女人
放置于地球干流的育婴箱

战争，七国的霸业
地球，太阳烤箱里的
一块香面馍

战神喜欢听人类
为他们演奏战争音乐会

第一章　始皇帝诞生

1

太后赵姬的香艳

降临东方

驯良美丽的乌鸦

像她新耸动的发髻

多美的宫殿

六国的珍宝堆积如塔

对着池水和春风试新装

始皇帝嬴政尚未成年

2

邯郸阴沉着的天

翻滚过乌云

他或者她去最高的屋顶上记录

天上的搏斗

你们要去喝酒
将恶劣天气赖在一个人身上
有必要看住那些乌有的山峰吗
乌云的宫殿里白雪的窗帘
甲板一样锃亮的巨石
跃动的田亩，动物穿梭
往事确凿的雷电、屈辱、抗争
寂寞是神圣的

3

太阳在恢复力气
从一只萤火虫身上汲取力量
它在寻找一块火石的疑点和破绽
它被缚住的四肢咯咯作响
它的旗帜破败令人作呕
飘忽、阴沉，独往独来
盛气凌人，向地面抛撒同心圆
以狐狸的敏捷，挨家挨户叫醒
三秦子弟

4

帝国永远在颁布法令

帝国永远在说“今天”

可每一天都在被划掉

当我说今天将讨伐赵国时

昨天的挂葚已成熟

当我向明日的楚国下达战书时

昨天的三闾大夫已自沉汨罗江

当我的今日之箭翻山越岭到达辽东时

昨夜咸阳宫阶上

坠落了中箭的金翅蓝羽寒鸦

5

神应允的生活

我们不知道

会借助闪电的应允

真正的神啊

集破立于一身

第二章　将士一去不复还

1

士卒咔咔咔升上雉堞

在沉重暮光里像纷乱的皮影

轮廓分明，原野上战车辚辚战马萧萧

前驾四马加甲士三人组成战车

前驾四马加甲士三人加徒兵组成一乘

一乘百乘加弓弩手加鼓手组成战阵

战车加窗加国君组成“戎车”

即使是那滚地雷

现在看上去也静穆

等待那支烽火狼烟

从各个方向上涌动

多么迅捷、隐秘

像云朵照耀地面铜镜

2

骑士要有青铜的膝盖

而你不知道他有一把怎样的弓箭

穿越茫茫云海，老鹰飞上断崖

一场生死决战

3

想象的空地上

一匹马

风神一样

狂风暴雨的烂醉之晚

它跑开了（拴着?）

（虚无？因为你没能见上几回）

天放晴它又在那里

天涯就在眼前

安静，无尘

正用尾鬃掸拂身上的蚂蚁

我内心深处有一道鞭子幻影

非得马上说出

生怕忘了又被栅栏重重围困

马的影子在原野上集合

成为土地有权势的仆人

在两块田畴之间，多像魔法

风在撮合，马的颜色退回银白

抽打无形的身体

像树木在风暴中失色，等待变灰

4

传说中的天狗出现

遭受厄运后降下旗帜

天昏地暗，鲜血出现在城墙上

你得猜测登月者说了什么

为免偷听之嫌疑

我们假装碰巧翻地或者唱歌
聚集的人群中
又出现一个完全沉默寡言的男人
旁人完全不知道他会找借口说出什么
只感觉他离开人群已经太久
李牧，赵国廉颇之后的施救者

日食，一个孩提时代噩梦中的常客
蒙上的昏暗镜子
不知多少世纪后
黑暗分开
开启闪亮的窗户
大地震，将在秦赵大战之前
一株黑暗的巨树挪开
曾经就在树底下埋过什么
天空传来簌簌的人语
（平静细小）

地球你一个跪着的女人

冒险家指着地图说
“没有目的性，毫无意义”

地面会向上涌起
迎接你的脚步

5

一个骑兵，绕着帐篷和烽火台转圈
一声响鼻，山道上蒲公英打得纷纷扬扬
每天有这样的仪式循环往复
“失败的人生不能重来”
雨丝依然清晰甚至明亮
序列的盔甲
他走向城墙和田野，隐身

6

参加过上次伐楚的将士们
却对再次讨伐失去信心
主帅捋着胡须在大营喝酒

他斥退好战者，却又

夸赞李信的勇气和战绩

“我们的对手是项燕”

“你们要通过南方楚地四季的考验”

“你们要一日三餐习惯鱼虾野味”

“你们要像山猿一样精瘦敏捷”

“强大的楚国，我要你们亲手把它埋葬”

“不，就让楚国留在今夜的牧笛哀歌里”

“让楚歌永世传习

云朵、飞鸟和走兽都已知晓

楚国将不复存在

孩子们，号令点亮夜空吧

昨夜，我梦见了屈子

他那流星的面孔清晰可见”

“你要飞去哪里”

“低空中可有我的同伴？

我不愿昏睡，像我的同胞们”
“在太阳升起后，多可怕
哪怕落在今夜的楚国做块顽石”

“我发誓让你的吟唱今夜开始成为万世的绝唱”
“我发誓从今以后，秦、楚两国永无战事”

7

雪在天空会有一个聚会
过程如何我们不得而知
像我们无法想象的大动物
咸阳倒成了临时租来的一条船
有些醉意，停泊在江面上
而刚才报道有雪时
天边还有道金黄色的光芒
低空收集了那么多的磷
要在夜晚点燃，一会儿
火花将把周围的黑暗吞没
不，是咆哮着沉没

将绝对的黑暗
更深更紧地压在身下

8

天空要做的是减人减物
泼墨般的积云后
第一场雪像春蚕结茧
骊山下狼藉的尸体是单性的
丛林和河流不知所在
无法配对的雪和冰碴儿在血管中
与封上洞口的冬眠，有同一种黑暗

9

撕碎的风车瞬间变成敏捷的狼群
稻草人，总穿别人衣服的雇佣军
向一顶旧帽子献祭，旋转的王国
征集见证人，死亡通知心力衰竭

10

伙伴在城墙上大声呼喊

但城墙吸音，什么也听不到

随后被翻译成两个士兵的交谈

千年的冷兵器叮当相撞

一枚老树上的蝉蜕斜阳下

传出征衣般的呜呜之声

“让我好好吹吹风吧”

盛夏已过，蜕出自己的

塑像们开始合唱

注定成为肉体的空担架

11

每个死者都背着一袋子金币

只是你们不能把它卸下来

无法指望它们一路洒落

就像死人永远不再吐露话语半句

12

草长在头皮上

草会遭遇北风摧折

草会被马儿啃食

彩绘的脸是寂寞的

嘴巴是寂寞的

颧骨是寂寞的

死亡是我终生的学业

可我知道的越多

学会的就越少

头顶的草皮移动时

从纯粹生物的意思上讲

我们只是搬运一小撮泥土而已

我们不知道出生

泾水、渭水、黄河水

我们知道死亡才是故乡

13

一句咒语后

河清海晏

海面上不生一丝波纹

一句咒语后

大海浑浊

波涛接天

你率三千童男童女

劈开水道

骑鲸东去

插曲　战后的皮影艺人

一场战役结束

皮影艺人啊

你们必须赶着牛车

带上那一具具头颅

一只只手臂

一条条腿

黏合在一起
无论多么陌生的兄弟
在你们还没有成形时
就得不倦地赶路
别弯腰，别躺下
别披散你们的发鬏
别进入虚无的天空

让平原的热风吹拂他们
让泾渭的波浪驱赶他们
让千家万户的狗追咬他们
让鸟儿站在他们肩上
叫醒他们的父母
拉上白色幕布
摆动他们的手臂双腿
让他们回到戏剧深处

插曲　孩子们的合唱

皮影戏不搬家

我们不搬家

皮影戏到哪家
我们跟去哪家

谁也别想叫我们睡下
我们入了梦
皮影戏就失踪

第三章　咸阳宫的骊歌

太后赵姬的咏唱

爱欲像偷运入宫的一个人、一种植物
后世统称毒品，真是见鬼
如果爱欲上瘾的话
爱欲就会变成信仰
伤害、仇恨、冷漠、背叛
就是最好的戒除之法

嬴政啊，当今的霸主

在赵国的那些日日夜夜

只有我才知道

有的人即便到老

都会有咬食手指和脚趾的习惯

在你，那是安全、自尊

和呼唤母爱的仪式

原谅那些在爱中沉迷、恍惚的人吧

爱欲，也是我个人神圣的仪式

不可剥夺啊

嫪毐的咏唱

太小的时候

你还是个孩子

没学会逃脱

你还是个孩子

没学会谋生

一切尚未失去，也无须错失

后来你入宫

为秦帝国造了那么多新坟

脚步踩在巨大、静默的尾巴上

假父的命运岂能不发出一点声响

太后赵姬的咏唱

白天充满黑夜的气息

有人在街道摸索前行

鸟儿安眠，不再起飞

夜间出没的星星吐露香气

街道像漂移的海市蜃楼

宫殿守护者们沉沉睡去

内部的痛苦犹如潮汐

用再现的形式暂时消失

像善于找回梦境的天使

摔死的两个孩子受到夸奖

在晨雾中彼此拥抱

直到挂在树枝上的雾

阳光下蛇一样迅速消逝

吕不韦的咏唱

岁月是一根无声的琴弦
让白天和夜晚
少年和老年
悄无声息地浑然相连

我们的身体不过只是疾病
疾病的怒吼和哀号
我们的身体不过只是幻象
幻象的仓库
一切的变化来自永恒

李斯的咏唱

当你感觉到
云在九天扯拉的时候
你已知道
（出发的）时候到了

你会去某个地方

(一个预言：

你会在西方为相)

赵高的咏唱

在荞麦灰尘里

幽灵们喘息

流动的大马路上

骗子们出发

去征服

去接管

下一座城镇

李斯的咏唱

黑暗是古老持久的

不断变换梦境

强壮得可以让地球翻身

语言的流亡者

默认的黑夜一样长

地球以极低的频率颤动

商贾的咏唱

（统一度量衡之歌）

白桦滤过的光线一寸一寸跳跃

金银器店商人正在校准他的秤

工匠的咏唱

我见过建造宫殿、骊山陵墓和长城的人

炎热的工地，入夜有篝火

巨石阵上有捕食的野兽

浓烟在吴楚、中原和北方盘旋

我看见黎明时睡去的奴隶

脑袋开裂，爬满蚊蝇

没有一个女人和孩子来亲他面颊

几朵云朵从北方国境线上过来叮咬

我看到他收到的最深敬意

就是征服之鹰再现

草原民族和义军首领

从世界尽头涌来的海浪

以战争的名义回到大地上

交出湿漉漉的灵魂

术士的咏唱

星星挂在天上

像一群猫头鹰蹲伏在森林里

伟大的预言家们

不指认你和国家的未来

你是谁，谁是我，谁是谁

先知的咏唱

他有恐树症，像树的阴影一样

不能接触树叶

不能留在树荫下

他有恐水症，在沙漠中死去

他认出天空跪在地上

差点碰到自己的脸

在一条满是泥水的河里游来游去

灵猫的咏唱

十字路口的猫

身上的毛发变灰了

蜂的咏唱

品尝蜂蜜的甜美时

别忘记

蜜蜂们古老君主制的命运

战争、暴行、劳作

富贵、体面、优雅

蛮荒之国也是真与善的国度

耻辱说：我们应当懂得生活

陈胜、吴广的咏唱

一个士卒为我保存的意外惊喜
不能承诺的戍期，就像休耕期
不能承诺的新土地
一瘸一拐，心脏有病的父亲
天空低垂，星辰扬起的尘土你还记得
大泽乡随身携带着好斗者的灵魂和诽谤般的泡沫
向前，无论废墟和墓场，都指向落日的故园

我们唯一信任的东西
为我们保存在孩子般的星空中
和永别的彩虹一样，父亲的星空说：
“苟富贵，无相忘。”
“王侯将相宁有种乎！”
我们来，我们走，本该如此

咸阳宫的合唱

第一声部

像影子拉长的黄昏

荒芜宁静孤寂

宫殿抹着明亮的霞光

乌鸦翅膀左边的飞檐上

连续性重叠着奔跑宫女的面影

在廊柱与高墙的迷宫中

镌刻着众武士飞翔的名字

第二声部

危险的黑夜

不要以为

我们都睡去了

正好相反

所有人，包括婴儿

都醒着

拱卫我们的

是先祖们在长眠中

发出的光

像绿色森林

覆盖着山冈

像蓝色海潮

催眠着陆地

第三声部

醇酒的青蟾蜍

有上千的疙瘩

流浪者归来

脖子随梦境转动

疾风催醒了钟声

城门的青铜蟾蜍

发着绿光

内部的叫声堪比砖石

再次曝光的鬼影

第四声部

神像腾出它的位置

麻雀们可以吃早饭了

啾啾声响彻云霄之上

第四章　帝国回音壁

吕氏春秋之歌

在最后的封地

老人遣散家室、门客

在卧室床下

养了一只青蛙

和一壶鸩酒

青蛙常常在噩梦中

推醒浑身是汗的人

跳到他的膝盖上入睡

青蛙喜欢下雨

喜欢卖力地唱歌

喜欢林区的黑暗

喜欢山里的朋友

喜欢跃入沉重的石棺

喜欢自我调节皮肤上的花纹

孟姜女之歌

1. 咏寒衣

衣裳是人的兄弟姐妹

来自人间，人形的幽灵

从四面八方来，定居人体

在单一的旧形象中改造

衣裳发明之前消除不了的形体

来自久远世纪的标志

用漫游赢回的身体

和戍边的人离奇地一致

让角色重换，类似落叶

睡梦中回到枝头

一年又一年

大地意外地换了贴身新装

2. 寻夫篇

先是在草地一侧看见他

隔着短城墙，在护城河滩

（白天城墙下
散落的破烂木轮胎
像蟒蛇蜕落的皮）
径直赶路，一直想穿过去
但却被那面墙堵住了
他想证实什么
站立在越来越浓的阴影中
仅仅因为想有块立足之地
他带来了什么
似乎涉及什么事件
从下午到夜晚
他就在雨里面站立
面容憔悴，衣衫不整
当他眺望时总能看见
迟钝、亲切、缓慢
他身边很快会站立一排排的兵勇
不断向远处的河滩
以及更远的荒漠原野扩展
相隔不远，他就在城墙上

也不会被火光完全淹没

像拱卫古老中原的七星北斗

3. 哭长城

她抱着早晨的第一具尸体

把他摇醒

“告诉我爱情是什么样儿的”

长城脚下遛鸟的人说

“丫头，把他领回家，弄弄干净”

“告诉我你的家乡在哪里”

尸体回答

“卫河之滨，太行山下

笼子里面的鸟儿认识我的家”

窗帘后，夜空闪烁黑色的光芒

尸体容光焕发

“你想回到山里是吧”

她像热风把他捂成了汗粽子

众将士的吟唱

没有出生证明也没有死亡证明

他们像动物在大地上驰骋

他们是没有记录也不存在的人

他们生来就不属于某一个国家

他们的历史只有神话可以追溯

士卒的吟唱

信仰没有中间地带

如渡河的猛虎

只是一种方向

谁在高空

摆布我们的命运

战神的吟唱

巨鲸吃着棉絮般大团大团的云朵

启动着人的声音

婴儿般吐出大地的牙牙学语

挣脱锁链的陆上行走者

长出手臂，浑身疼痛

你选择了自己，你就是

时刻戒备着一个荒凉的自我

一个男人迎着太阳走去

发出嘶哑的怒吼

咸阳的哀歌

街道或城市整个布景

全部或者少数部分明亮

位移着，一些街道是可以弯曲的

道路包围城市升格为街巷

一些是流动的，车水马龙

一些全浸在黑暗中

填街塞巷，堵为死胡同

两边建筑的窗户成为幽冥的风景

一些单线条的轮廓

被早起的灰麻雀勾勒出来

继续它们凌乱的飞行

那是老鹰从郊区的垃圾堆场升空

被分割的脑袋挂在城门上

瞪着圆睁的眼睛

优俑：阿房宫吟唱之一

深入大街小巷的春分

鼓楼和钟楼

犹如梦幻和身影

配殿里贮草的仓库

一份奢侈的幸福

优俑：阿房宫吟唱之二

一地的银杏和松针叶

我们曾经依赖

以为是一个富足的国家

一棵银杏就是一扇门

一座坟墓：沉默的土地又添新债

（北方的大城，虚无的王朝）

做梦俑的吟唱

睡梦是他人在用餐

在亮度上，还有一个梦
灰暗后院的玫瑰酒窖里
哑巴腾出地方（声音）
厨房开口说话

嫪毐的幽灵之歌

躲藏在宏大树荫下的河流
干涸了，像等待在古城遗址上
翻越千顷沙浪复活的咸阳宫情人
搏斗，放下弓箭武器（无限）
为了成为男人（女人）
梦境，展现于屋顶的垃圾
有人四肢伸展，压出天使的形状
等待星空的潮汐，同一的黑暗

陶土般的神秘之果悬挂腰间
生命因为胜利而减损

最后的战神之歌

阴影把万物收集到它的麾下
在海洋上赶路的千千万万的人
一张张陌生的脸死亡天使一样坠落
太阳投射黄金，是敌是友，烈火清场
受难者出卖给上升的引擎：月亮
一切慈母般的过往身影都模糊了

战前楚国牧笛之一

鲜亮的稻秧站在水田
仙境般的山谷
稻田镜面上云朵飘过来荡过去
起风后会平静地波浪化为烟雾
青蛙跌入秧田
疲惫的耕牛
在水墨的田埂上哭醒了溜溜转

“卜通”来了又走了

漂亮的小秧苗跟着雨线走

主人就是晒太阳的村庄

战后楚国牧笛之二

没有自己牛羊的村庄

除了火堆别无依傍

不育的斗争，无边的沉默吸纳一切

终极的零，精神上的引渡

牛羊踩出的尘雾，每次日出都是一场战斗

在街道上，你不能认出一个三闾大夫

也许你希望是你知道他就是

他走在你们中间，像在郢都

街道上的任何东西都给你证明

越来越肯定走来的这个人值得爱戴伴随

稻草人之歌

向北的斑头雁家族说

“认识它吧，不可停留此地”
两只下雪前闲逛的乌鸦说
“瞧，它还活着”

每个稻草人
都在天空中助跑后再落地
——从地平线上归来

冬天来临前
有人会来给它点上一把火
让它安安静静燃烧
一夜之间
平原上稻草人军队
消失得无影无踪

踏着十二月的初雪
影子一样蒙着面
稻草人翻过田埂和篱笆
孩子们列队欢呼：

“打！打倒！稻草人，稻草人”

第五章　秦俑复活

1

天空中我看见了那道闪电

由于我目不转睛地盯视、追随、捕捉

闪电开始了扩张

成为一道眩目的裂纹

不断奔突扩大

成为天神之路

可这是与众不同的天象

有了我才有了它

不断分裂膨胀

让我已想不起来

我们曾经的亲密和依赖

我感到害怕

我看到星星在其中的运行

它绝对不是深思熟虑的结果

我看见闪电的面具落下
我看见沉睡的战靴落下
被父王谋杀的空荡墓穴中
走出的恩主燕太子丹

“我很好!”荆轲说
我就是秦帝国天空中的第一道裂纹
为什么?在我之后
高渐离将会为我高歌一曲
后世必将失传的《广陵散》

2

星空中棋子承载的子力
原始而纯洁的力量
盲人的眼睛蕴含闪电
就像陵墓甬道上的石马、吼狮
不让接近女性的奴隶
谱写凝聚勇气的星空浩瀚名局

3

今夜，庞大的星群家族
蓄势待发，等待渡河

一颗流（将）星衔着神圣使命
静寂中独自离开群体
闪烁牺牲者的耀眼光芒
划过长空，永不回返

4

用脚踩灭太阳的余烬
在离城不远的地方会看见鹰
可能因为天黑的原因
在城郊焚场和坑穴上空
风掀动书简发出哗啦啦的响声

气流的王国
白云使臣穿梭往来

平静的气流后面
存在着怎样狂热的风暴
秘密的火焰和灾难的旋涡
和平的众神加入我们的舞蹈
我们热爱的高空唱诗班

星辰的王冠
时而明亮时而暗淡
闪电那样的摘取者
你想不到只是光着身子
童男童女嬉戏的玩偶
闪电化为燕子
穿越风暴的电网
坠落在泰山之巅
你嗅到森林燃烧辛辣的烟叶
祭天的黑烟狂怒翻滚
直上九天云霄

5

回音像宿命
回音找回来的
在咸阳，在阿房宫
只活在空中，无脚
回音披着空旷的盔甲
丝丝缕缕的，只是回音
没有人和人的特征
却拥有共同的外形
寂静是一面鼓
像孪生兄弟放下一个
突然可以面对的自己
一朝离去，就永不回返
挡在地下，回音有一个
小小的世界，自足、贪婪
也像日落，收回自己的阴影
在告解的路上
我们倾听、驻足

但又冷不丁对着无处的荒凉

向陌生的世界发出邀请

在无际的空寂里

那声嘶吼接近零

不，死寂

是由于还在策马返回的途中

真空不是中断

放大并震碎一切有形的帝国

6

无畏，是因为丧失了痛感

岁月不再眷顾

无法感知疼痛的

一个孩子，一个士兵

贴着封条，出土

成功预言你的出生：

——末日刺客

第六章　秦俑颂

1

犹如一个孤独的统帅
和他的乌鸦
那些地下沉睡千年的兵马俑
只等一句咒语
他们就会立即复活
列队在广场上
踢腿向前

为我的彩绘来个变脸吧
我来自汉中，牵了家里的马出来
马背上曾驮着羊皮和盐
在渭河边的村庄，我看见
老虎和豹，燃烧的火焰奔跑

我必须出来顶替倒下的兄长们

这里有个太阳

要找回骊山脚下的月亮

2

身既死兮神以灵，子魂魄兮为鬼雄！

——屈原《国殇》

我的悲愤就像漫天风雪

大秦的战阵曾在天空浮现

山河改变了容貌和气息

明月也丢失了身体的重量

从咸阳宫里苦苦寻觅战争的本真

黄河日夜押解着死尸东去——

明月，你说出的秘密

就是我们华夏民族的身世

那些地下的无名将士们

将在明月之夜归来

这支隐姓埋名的大军
荣誉要让他们恢复灵魂
这些忠勇的士兵
出自千家万户
依然在此默然待命
千年的呐喊
升腾于云霄之上

早上出征
不会想着日落后归来
他们使土地有了黏性
山河有了起伏
他们在扬起的漫天风雪里
无声地呼吸

他们是坚不可摧的
就像黄河上的波浪

2009 年

影子与幻觉（2010—2021）

跑步

跑到大街上
想着天上，天上
没有一朵云
一片一丝也看不到
一小时前应当有
我在另一个街区跑
有一片飞檐翘角
在古城上方描画着云朵
这是无法隐瞒的事情
一朵手帕大小的云飘扬

邮递员说
上游县城落下暴雨了

却没有传递来一片云

我跑过何山和寒山寺

抬头发现运河的水闸开了

河水正在上涨

来自草原俱乐部的马儿

在胥江河滩上饮水

尾巴浸没到江水中

这是绝不允许的事情

动物们和这个古城

莫名其妙的关系

让我边跑边想

我跑得很累了

如果骑在马上

多好，想想看

天上没有一片云

马儿用闪电的速度

送我回家

那太好了，要是

那些在广场上混的孩子们

看见了，会怎么想？

2010 年

不是意外

病房里三个病友
有个快乐的老汉
来自边疆，喜欢哼曲儿
对医院一切都好奇

切除了四分之三的胃
老汉梦里惊醒
听到大夫的对话
得知自己患上了癌
拔掉输液管
和从深圳赶来的闺女
大闹一场

终于平静入睡

醒来时，他盯着窗外，问我

“几点了？我这是在哪儿”

“凌晨三点，医院”

“哦，跟我想的也差不多”

2011 年

影子之歌（节选）

一

影子在向地下生长
影子是附着于我们身上的祖先
影子是肉身的盔甲
影子是当面的背叛
影子是注定了成为乞丐的国王
影子是一辈子受恶鬼缠身的人生
影子是热恋、嫉妒中一生的奴仆
影子是深沉的幽灵之谷
影子是已发生世界的横笛，尖锐地延伸
影子的影子，喜欢做女孩和男孩的父亲
注定的不期而遇，噢，父亲，一切父性之母

三

小时候

我常常在院子里踩我的影子

兴奋得大喊大叫

我对影子感到惊奇

好像是我一个并不存在的同胞弟兄似的

在异地老去后的晚年

影子像一条易主之犬

又认出了旧时的小主人

泪水涟涟，失魂落魄

四

树影离我的脚尖

仅仅一米

它铺开的时候还很冷

投射得那么远

像一根硕大的钓鱼线

拂动和变得微弱
也是由于阳光的手指

我趁早经过的时候
小树林还黑乎乎一片
返回时，它硬邦邦的
地上燃尽的草绳灰
已像利刃插回刀鞘

正午，反向倒下的树影弹回
迅速焦化成脚下的
一只乌鸦，背着木炭
怎么振奋翅膀
也飞不上树梢

五

影子——我们有形的养分
连接天堂和地狱
你死后，夜降临

影子，我们的一部分思想

加固着大地

你起立的方式如此另类

你尖锐，你悲观，你觉悟，你本质

火石一样擦着大地表面

我们心灵四季的防护服

光明的核心价值和金字塔

——歌唱生命的金字塔

六

暮色中，冲山只是些朦胧的线条在雾气中摇晃，当一切皆不可见，色彩已被黑暗的夜晚吞噬，最后一切界限都不再存在，天地没有区别，整个太湖恢复到泰伯奔吴之前蛮荒时代的形态，宇宙混沌，江海横流，山岳无名。

“今晚吴国安稳无事了吧，伍子胥先生？”

可是，那孤独的漫游者向谁答复呢？

一群狐狸从山岭上跑过来撕扯他的裤脚，他惊恐万状，狐狸瞬间变成了人，畜生修炼成人，这咄咄怪事让他百思不得其解，催命的江涛正在澎湃，狐狸们顿时遁入远山。

吴王和西施安居于湖山之中。

“大王喜欢在黑暗中沉思吗？”

“我喜欢人山人海，不太喜欢明月桂花和菜园的粪臭！”

宫殿中的钟声提前敲响，沉闷，像患了流感。

素不相识的人在一起，彼此搀扶、注目，令人想起死亡、广场，旗帜和干将。

流星的瀑布挂在梦中，更深处的黑暗像窟窿一样空洞，阴影只闪烁着黑洞鞭子一样的黑色光芒，却无法修复地球生物的创伤。

车水马龙的街巷和天上涌动的白云都令西施心驰神往，天上和地下互相信赖，彼此延伸，就像人间的泪水和欢歌。

七

影子，既无名姓，也无面孔
像无声的节拍
追击着歌声
棱角磨得光润轻薄

黑暗披风
呼啸？好吧
你见到大海了
大海的温床和衣柜
压在身下
打开吧，影子
这世界的最后一堵墙
重新立起的大鸟
送葬队伍里的一只银铃
只有它自己知道
为什么惧怕
只有它自己知道
我们不知道

跳蚤在流浪狗身上

影子用士兵的脚走向坟墓

八

影子需要被当作一件乐器来对待

影子需要被当作一个完整的乐队来对待

影子需要被当作壮阔宏大的细节来对待

十三

刚刚开始学写诗的时候
光明、黑暗，白昼、夜晚
这两组词汇几乎是出现频率最高的
阴影、影子是时常要蹦出的主题词
我给陈敬容先生寄去了
厚厚一沓的“光明和阴影之歌”
一个月后，先生的回信到了：
“——习作璧还——你只写出了两行，
我在你原稿上用红笔画了波浪线。”

“为了不让乌鸦们飞出来，
大地上布满黑色的绞架。”
就在上面这两行诗的下面
我找到了那几道鲜艳的波浪线
一颗少年的心就在这红色的五线谱上跳荡不已

十四

影子扑腾着，横冲直撞
像从坟墓中飞出来的蝙蝠

影子喜欢在空地上玩耍
玩躲藏和失踪的游戏
影子喜欢拿意外事故
和突然终止的生命做交易

世界被倒空后
影子仍然在飞翔

四十七

也是那一天，大海成了一个小水塘
你们来了，说这不是一个海
只是一片浓缩的阴影
变浅变薄，像块树荫
连孩子们也不敢跳进去玩耍
手指蘸上一滴放在嘴里面
天！咸得像全世界的泪水之谷

五十

影子作为案发之地
像墙壁那样被铁锤敲打
影子被高高举起、翻转过来
现场的猎物般，被围困、取证
颜色、性状、气味、比例
一切隐喻都是丑陋不堪的
都是在寻找事物的破绽出逃

影子脱口而出的“否”

死亡档案里记载的“是”

五十一

阴影的墓地和雕塑

就像某个人物

影子是他活着的墓碑

一个裸体的男人

在纪念碑一样的阴影中

而在花坛里

园丁剪去他手上的杂草

曾经那些杂草想制伏他

五十二

影子——终极时刻的集合

影子啊，一个遥远的国度

影子模拟心脏

五十三

一切权力归影子

日出之前，你成为历史
以影子的方式活着、繁殖后代

影子像放射性物质
神圣不可侵犯

我们曾与火星为邻
我们曾以影子为最后的食物

五十五

影子说：不存在合法的影子
就像不存在合法的艺术
和不存在合法的爱情一样

五十六

也许只有影子可以潜入时间之流

溯流而上，回到出生地

杀死父亲，烧死母亲

阻止自己的诞生

六十二

影子是地球内部的潮汐

和众神的舞蹈

影子追击人

如果不是用所谓的文明来装点

如果不是矛盾、对立和拒绝

人就是阴影的玩偶

六十四

在初夏，天空有黑暗的羽毛单个儿飞行

后人类的上帝，在银河的竖琴上弹奏新曲

一首长诗里有鼠毛长出来

八十二

一个淘气的孩子
点燃自己的影子玩

父亲在背后将火踩灭

一零六

影子在苹果树下吃梨。

一四一

影子醒来，追问
“我在何处”
影子意味着来世
意味着丢失
变化和无常

一四三

影子常常一分为二
影子是一种实际发生的世界

一五二

影子把万物变成风景
影子把风景变成万物
影子把我变成我们
影子把他们变成我们
影子还原我们
影子还原影子
影子已不存在

二一五

宇宙深处的一声呼唤
让影子的生命顿时荒芜

二二九

影子让我长出三个脑袋
像祭坛上的三叶草
三个脑袋头痛欲裂
即将分娩出新的脑袋

二五一

世界末日只是普通的一天

二六零

影子伸手一指
人直接变成了猎物
飞奔的猎物
又在瞬间成为烤肉

二六一

影子，依托于物质
存在于物质世界

影子不同于物质

也不属于物质世界

影子，像低等生物

（如地上的苔藓，等等）

但影子直接否定进化

影子改造肉体和世界

完成我们的使命

物质之外的尽头是什么

影子说

我想看看物质之外

二六二

影子以枯骨为食

花香鸟语做着伪证

影子即荼毒

二六三

梦是影子的宫殿

梦的内在命运便是发光

破晓了

二六四

影子吸干了我

父亲说，旭日东升
母亲说，日落而息

2010—2012 年

母爱

一捏后脖颈
将猫拎起来
它就像被点穴一样
四肢僵直
一动不动
任人摆布

当它还是小猫崽的时候
一遇到危险预警
妈妈就咬着它的后颈
转移到安全地带

是的，是母爱让猫瘫痪

当你捏住它的后颈

拎它起身时

2012 年

鲸的消息

我来看望一头鲸鱼

得知鲸的消息
我乘飞机赶到海边
外面太冷
我要随身带着瓶酒

每隔几分钟
就有一只海鸥从雾里钻出来
鲸鱼，鲸这个物种
就在远方的雾里畅游

一架失事的客机
我们假设它在海里游泳

有人给它测了身长
机长顶着红珊瑚帽子

一个人和他的女人将会鲸鱼化
一个人和他的狗也将会鲸鱼化
开始像水底模糊的磷火
最终像任何活着的人和狗那样

许多人无法目睹这次鲸鱼化
（鲸鱼化）是完全私人性质的事件
海水变暖，提前鲸鱼化已实际发生
更多人却绝不可能得到类似消息

我来看望一头冬天的长须鲸
我在凌晨的一阵头痛中醒来

2013 年

梦见

我梦见我，撞翻了我自己
推着同样的婴儿车
同一个奶嘴
叼着同一个奶瓶
挂着同一种品牌的尿不湿

一个推着婴儿车的男人
可那时我还没有孩子

他帮我捡起奶嘴、奶瓶
同一个牌子的尿不湿
装进我的推车
我也捡拾起他的
放进同样装不满的婴儿车

我们让开道路的同一侧
先右边，再左边
像照镜子，想一想后
我们交换过彼此的推车

我们经过的地方有血迹

靠近——我们
闻出了彼此的血腥味
靠近——我们的脸
全都打上了马赛克

靠得太近了，曾经
我们是在惩罚自己
哦，那时，我们
不曾拥有任何一个孩子

2013 年

末日天鹅

不存在的天鹅
身着不存在的颜色
在它不存在的伤口上出现

它是不存在的天鹅
在不存在的水域飞翔、繁殖
在不存在的狂风暴雨里
用它不存在的翅膀
守护爱、美丽和后代

游弋的天鹅
飞行的天鹅
气枪射程内的天鹅
残存天鹅头冠的天鹅

隔断公共水域的出租天鹅

维持男人和女人关系的天鹅

不存在的优雅

无法阐释

成为真正的母亲的天鹅

2013 年

垃圾桶

唉，事关我们的垃圾桶
我再重复一遍
也关乎我们的思想

让我们接受
来自生活侧翼的慨叹

我们思想的真实命运
就有了它的现实性

我们的残羹剩饭
烂菜叶、臭鱼头
厕纸、烟蒂、果皮

垃圾桶全面阐明
我们精神的状况
那就是：我
可能进入了腐物的阵营

这是我们丢弃的烟头
这是我们啃过的骨头
这是我们逐出的书报

垃圾桶比我们重
已成为生存的事实

倒出每天的垃圾吧
让我们作出
这微不足道的努力

2013 年

世界阅读日

夜半时分

书橱的门

会自动打开

被少年的水彩笔

打过叉的女人

生育过三个孩子

后来去了巴黎

去了索马里

书橱的门

关关开开

一只不肯走路的

高卢雄鸡

从里面飞出窗外

如果萨特在书里
写她啃苹果
加缪会怎样想

2014 年

猜人游戏

在蜜月旅行中
他们一直在做猜人游戏
问对方五个问题
找到共同知道的某人

好了，不多说了
赌的不是未来是运气
比如：男人还是女人
死人还是活人

排除法后保留下来的
唯一的那一个
才是猜人游戏的关键

车窗外山坡上飘起了雪
看上去像一张圣诞贺卡

多年后他算明白了
不会有人去回想
那些排除掉的世界
白茫茫的
慢慢变得虚幻
像路过的窗外风景
那时，他们
实在都太年轻了

2014 年

海滩

一只铁球被海浪冲上了沙滩
难道它不是奥德修斯的？
也不受塞壬歌声的诱惑？

可它害怕人！

不停地有鲸鱼想来找它
在海里做翻滚动作
或者，爬上海边的脚手架
张嘴的牙齿像群赤条条的孩子

我不去非洲了
我不喝牛奶喝海水了
有人抬着鲸鱼骨

去高处的村庄

我要去找那架失联的客机

2014 年

地下的孩子

盗墓人挖出地下的孩子
养着，当只活物
下山道士抱起
这远古的孩子
一遍遍对他念咒
像亲生父亲
辨认自己的父亲

只笑不哭，这孩子
会四书五经
不叛逆，他出生的玉佩含糊
草蛇灰线，如腐烂的时间经纬

恋爱的季节到来

剪下他的翅膀，交给
春梦里的窃贼
桃木与梨树开花
返回前世结果

月亮打东山走出来
探测人间浊气
你是始皇帝冤杀的孩子
也是，汉武帝废黜的太子
你开口说话
意味着汉语已死

他们昼夜不停地
往地宫搬运辣椒、鱼腥草
编钟和鼎发出远星的无声鸣响
这是苟活着的我，从落单的
蟋蟀罐爬出，哦，那才是真要命

2014 年

积习

他梦见自己在梦里吸烟
对着老婆的穿衣镜吐烟圈

某一刻，他记起早已戒掉了香烟
怎么自己又吸上了

这让镜中人百思不解
自责很快使他从梦中惊醒

2015 年

牧场

每当扎西牧羊归来
清点数目时
都会发现
一个新来者

哦，等等
他的羊并没有
少掉哪怕一只

而另一个呢

他记得所有的
找遍了牧场

却没见到那只羊

我，马上的扎西
向你发誓
一定要找到
那只羊
就像找到
昨天的扎西

他的羊
散落在山坡上
吃草，奔跑
角斗，交媾
没有任何异常

从高山上归来
他又发现了一只新的
顶替了原先另一个

牧场好像

世界尽头的

布景

2015 年

邀请函

白色塑料袋
鼓涨起带海沫的空气
一只大耳犬随走随吼
“你们不拥有这块地儿”

可话说
谁拥有呢
目睹过
只在梦中行进的
婴儿与老妇
也许是雾

鸟粪泼洒围栏
冬青树丛有陈年的

酸果实和旧铁丝

下一个
村庄、城镇
流动的河水
走回明亮的窗
——春天忠实的染料
恢复记忆和元气

“这是法国画家莫奈的干草垛
而我，认识它后面的一团火”

点燃草垛的人
来，来看看我吧——

2015 年

咏蜡梅

轰鸣在雪中的蜡梅
江南一月的黄金

雪后一个佳节
到了蜡梅花满枝时

谁点燃遍地灯火
来辨认自身

碰上一个干净天
冒着寒风
扶老携幼齐出门的
都是古往今来的看梅人

1988 年作，2015 年改

守夜

他的任务是
筑道浅坝，码好地形
看管冬天的鱼塘

他始终搞不清楚
为什么冬天雇佣他
鱼塘里覆盖着厚厚的冰

对个人生活
没有任何不满足的
他衣食简陋，清心寡欲
但不能不担心外面的世界
这是种本能
他发现很多问题

穷尽一切可能
看不到解决的希望
正如做个正派人
会比较安心
但防不住贼

晚上他读伟大的圣奥古斯丁
他叙述自己目睹的奇迹：
米兰的一个盲童
在圣热尔韦和圣普罗泰的遗骨前
恢复了视觉
在迦太基，一个
刚受洗礼的妇女
画了个十字
就治愈了
另一个妇女的癌症

他继续跟随奥古斯丁：
他的亲信赫斯珀里乌斯

用圣墓上的一点儿泥土
赶走了侵扰他家的鬼神
这泥土后来送到了教堂
一个瘫痪病人突然能站立、行走
一次聚会时
一位双目失明的妇人
用一束鲜花
触了触圣艾蒂安的遗骨盒
又用这束花擦了擦眼睛
失明许久的双眼顿然复明

还有许多奇迹
奥古斯丁说他亲眼见过

早晨的鱼塘
对他来说
完全是个灾难

他记得点灯读书前

起了雾，雨雾蒙蒙
可现在太阳底下，池塘
干裂见底，除了几块残冰
干硬地竖着以示让步外
鱼塘放弃了一切抵抗
后退到滴水不剩
愚蠢和无知的底泥
变成充满矛盾的谎言
占据了大家的脑袋：
行李箱、遥控器、卧室
会客厅和所有建筑的四壁

2015 年

介绍自己

在树木和草丛的深处
有一匹马隐藏其中
悠闲自在地吃草
头也不抬一下

走在树林里
我们得扬起头
才能看到天空

我记不住别人的名字
也无法向它介绍我是谁
同样，它也是不解人意
站在墨绿色的阳光里
自顾自吃它的晚餐

真是太好了

如果它想起来
到空旷的地方溜达一圈
这可是我们长久以来想做
却并不擅长的

2015 年

鲸鱼之死

大家坐了很久的车
到海边看一只搁浅的鲸鱼

人们呼唤潮流
不断往鲸鱼身上泼水

没有情绪，没有表情
鲸鱼有令人捉摸不透的脸

夕阳下去后
世界切换到夜晚模式

天黑了，人们
等着鲸鱼把目光收回去

开始绝食的鲸鱼
令上帝放弃对它的抚养权

（真正的死亡或悲痛
要在猝不及防的时候）

天黑了，留下远处
母亲和母亲的对话

2015 年

爱的誓言

当动物走向大海时
它们就会淹死

它们的肺不能进水
空气才能作为它们的动力

要说一旦被海水淹没
可无法存活

也许会有表现最好的一个
存活下来作为标本

也许。这需要百万年
甚至更长时间来适应

就像我适应你，你适应空气
要快，更快一点

在干旱季来临之前
在我还是个多情的物种之前

2015 年

情人节

乒，一声巨响
从十七楼上跳下的人
准确落在围墙外面
一辆公交停下
一辆私家车停下
摇下车窗
更多的刹车声
以为发生爆炸或地震

晴朗的天，没有雾霾
街上是移动的车
远处有红色火炬在传递

落在围墙外面的人

站起来，拍拍身上的土
运气好得像睡了个午觉

这回他有了经验
从十六层的阳台翻越
乒，又一声巨响

到了第三次尝试的时间

我们来看你啊
街上刹车声一片
他坐起来的时候
有人往他怀里
塞上一大捧鲜花

2016 年

我在过一种想的瘾

鸟按地区分类有：
留鸟，候鸟，冬候鸟，繁殖鸟

鸟最高飞到 5400 米
5400 米以上是极限
一般来说就没有留鸟

可可西里平均海拔 5400 米
那就是无人区

借气流也许能飞越高岭
鸟儿为此要积蓄两三个月体力
但那里没有植被，无法生存

也有个别的鸟儿例外

比如有垂直留鸟雪鸡

生活在海拔 3000～6000 米之间

大自然给它另做了系统

2016 年

回家

老人穿着旧中山装
本该外翻的领子掖在脖子里
胸前口袋里插着一支钢笔
双脚的布鞋露出脚趾

病中归来的人
保持着微笑和自尊的距离
帽子审慎地抓在左手上
(像只骨灰罐或者痰盂)
还有什么藏在后面
每隔一会儿他要回头张望
想着也许可以随时退回去

现在清点人数了

这是正常的夏季黄昏
一家人都安然返回了
包括离家出走的叛逆孩子
只有你神色惶惶
准备赶路远行
在全家即将围桌晚餐时
坐在平时的位置上
像病前一样假意咀嚼
或者，拿米粒到阳台喂鸟

但显然你并未停留
像经过门口
却忘了门牌号

2016 年

鹤

鹤的游戏结束了
掠走了园子里的空地
然后要去另一个广场
它的远房兄弟们
在那里举行舞会
梦游

我没有死
还能触摸你
满是痛楚的身体
你的脸
你的丹顶
依然活生生的
你的颈脖

可以返回
一种语言
无人懂得的语言

我害怕
你认出我

成了橘园里的霜
成了黑影
这个秋天结束了
你睁开了眼睛
像透气的教室
教堂和神父已搬走了

同样的理由
你的叫声像电光
惊恐但无物
在山上你陪伴青松
构成松鹤长寿图

在同一根芦苇上

等待你渡河

你丢下的

又一个日子

徐缓顾盼

迈着“矩步”

我看到你

待在那里足够久

从你那儿看到的是

我们回家了

却无处可归

被遗忘的

鹤

2016 年

信

流火虚脱、冰凉
如高山遗石
冰上有起步的蚂蚁

冰块就是信使
冰块并不融化
冰面有飞机、轮船
最后一洼黑水

冰块就是高山鹰
遗忘，警醒
淡漠的信
翻山越岭
为了忘却

蓝色海

像打碎的玻璃
信送到这里
就结束了

执着的人
明白，定格在
流动性上
信
送到这里
就结束了

2016 年

白驹叹

人生天地之间，若白驹过隙，忽然而已。

——《庄子·知北游》

昼夜，我们知道的
我们不知道的是那有多长
跌跌撞撞，我们说服
还有更多的昼夜
忽然而已，忽然而已
时间的消失是不公平的
仿佛生来我们就该如此

我们走在街上
分分秒秒恢复成一条街道
街心公园是一刻钟
三条街道是一个小时
童年的风筝将时间引至江边

第二天却是某个广场

每一分钟是一条街道
每条街道是一匹健硕之马
早晨梦见龙的人
碰了碰路人的肩膀
自出生起他就耐心等待着

三条彼此排斥的街道并肩而行
过于狭窄之处已经拓展
可以同时容纳另一分钟
简短而无用的一刻钟
一位盛妆女士经过了一分钟

如影随形，昼夜
流逝，没有一分钟
可以衡量，群马嘶鸣
癫狂、奋进、痴情、哭泣
昼夜跑过街道，症状消除

2017 年

胥台桥

桥造好了

堆积在河坡上的几根桥柱
静静躺在这里
没有人来找过它们
几个钓鱼人
有时就坐在上面
身边水桶里
几尾鱼游来游去
虽然一早就钓上来
但它们都太小了
晌午收工时
还要被扔回水里去

桥上汽车经过

发出隆隆声响

几根桥柱

静静搁在这里

好像当初夏末

准备建桥时的样子

2017 年

曾毅的马

有一天我去看展
曾毅展示的是一束马尾

曾毅是王绪斌和杨明的朋友
自然，他也是个画家

曾毅是个高高大大的汉子
说起他的宝马眼含泪光

曾毅养的马是不让别人骑的
甚至他自己都不舍得骑

大把的时间他花在马上
给马备料、洗澡、梳理

偶尔碰到，我说最近干吗了

他说就是陪马和遛马

我似乎见过他画的白马

但展出的马鬃好像是灰白的

我没见过他养的马

拴在山上还是住在马厩里

能确认的是他的马现在不在了

展览是马去世以后的事情

如果曾毅的马至今仍然活着

我肯定他绝不肯牵着马走入展厅

2019 年

幻觉

手上有几件事情在做
事情也许会越做越少

像抓在渔夫手上的鱼
也可以随时把它扔了

他们以共同的方式
来承受不可理喻的事情

饱满的虚无：不知道谁
清理了手上消失的事情

沉默已经降临并醒着
总有可听的声音传达

遭受暴风雨击打的堤坝

一个台风独自徘徊的夜晚

买菜从市场回来后你说，六条鱼

在桶里游，渔夫的声望是个幻觉

2020 年

漫山岛

催我醒来的
是邻居的一只公鸡
它一直在叫
它并没有看到我入住
它叫，因为我是
上岛的陌生人

凌晨三点
我听着鸡叫
以为睡过了头
推窗去看天色
一轮红月亮在叫
木栅栏在位移
鱼儿藏进芦丛

湖水漫出码头

最后一级石台阶

从水下浮起

梦里有人说

天亮以后，就把

这只瘟公鸡给剁了

我想象它

喙上挂着血，羽毛松散

再也吸引不了女士的样子

哦，不要

我喊出声来

努力从梦里离开

2021 年